Weronika postanawia umrzeć

Paulo Coelho

Weronika postanawia umrzeć

Przełożyły
Grażyna Misiorowska
Basia Stępień

tytuł oryginału
Veronika decide morrer

koncepcja graficzna okładki
Miśka Konopka

montaż okładki
Kazimierz Pelczar

zdjęcie Autora
Joanna Góra

redakcja i korekta
Katarzyna Malinowska

przygotowanie do druku
PressEnter

wydawca dedykuje tę książkę
tym, którzy
mimo przeciwności losu
nie tracą nadziei

Drzewo Babel
ul. Litewska 10/11 • 00-581 Warszawa
drzewobabel@qdnet.pl

ISBN 83-904230-8-1

Dla S.T. de L.
która mi pomagała,
choć o tym nie wiedziałem

*O Maryjo, bez grzechu poczęta, módl się
za nami, którzy się do Ciebie uciekamy.
Amen.*

*Oto dałem wam władzę,
stąpać po wężach...
a nic wam nie zaszkodzi.*

Łukasz, 10, 19

21 listopada 1997 roku Weronika uznała, że nadszedł wreszcie czas, by popełnić samobójstwo. Dokładnie posprzątała wynajmowany u zakonnic w klasztorze pokój, wyłączyła ogrzewanie, umyła zęby i położyła się.

Z blatu nocnego stolika wzięła cztery opakowania tabletek nasennych. Zamiast rozkruszyć je i rozpuścić w wodzie postanowiła brać jedną po drugiej, bo zamiar to jedno a nieodwracalność czynu to drugie i chciała zostawić sobie możliwość wycofania się. Jednak z każdą połykaną tabletką utwierdzała się w słuszności swojej decyzji i po pięciu minutach opakowania były puste.

Ponieważ nie wiedziała dokładnie, ile czasu upłynie zanim straci przytomność, wzięła do ręki leżący na łóżku, właśnie nadesłany do biblioteki, w której pracowała, ostatni numer francuskiego czasopisma *Homme*. Kartkując je zwróciła uwagę na artykuł o grze komputerowej, napisanej przez Paula Coelho, brazylijskiego pisarza, którego miała okazję poznać podczas jakiejś konferencji w kawiarni hotelu Grand Union. Zamienili wtedy parę słów i Weronika została zaproszona na kolację organizowaną przez jego wydawcę. Było na niej zbyt dużo ludzi, by udało im się naprawdę porozmawiać.

Jednak dzięki temu, że znała autora pomyślała o nim jakby o kimś ze swojego otoczenia, a przeczytanie reportażu o jego pracy mogło wypełnić oczekiwanie na śmierć. Zaczęła czytać artykuł o informatyce, która wcale jej nie interesowała. Dokładnie tak postępowała przez całe życie – zawsze szukała łatwizny, albo zadowalała się tym co było w zasięgu ręki – jak choćby to czasopismo.

Jednak już pierwsza linijka artykułu wytrąciła ją z naturalnego stanu bierności i po raz pierwszy w życiu musiała przyznać, że ulubione zdanie jej przyjaciół: „Nic na świecie nie zdarza się przez przypadek" – coś jednak znaczy.

Dlaczego dostrzegła pośród tylu innych właśnie te słowa? I to w chwili, gdy zaczęła umierać? Jakie tajne przesłanie niosły ze sobą, jeśli tajne przesłania w ogóle istnieją, bo być może to. co się za nie uznaje. to tylko zbiegi okoliczności?

Otóż dziennikarz rozpoczynał swój artykuł pytaniem: „Gdzie leży Słowenia?"

„Nikt nie wie, gdzie leży Słowenia – pomyślała. – Nikt".

Przecież Słowenia istniała naprawdę, tu, w tym pokoju i tam, w widniejących na horyzoncie górach i na placu, na który patrzeć mogła z okna. Słowenia to był jej kraj.

Odłożyła czasopismo. Cóż ją teraz mogła obchodzić pogarda świata, który lekceważył istnienie Słoweńców – nie miała już nic wspólnego ze wzgardzonym narodem. Teraz była dumna z samej siebie, że w końcu zdobyła się na odwagę, by pożegnać się z życiem. Cóż to za radość! I że zrobiła to w sposób, o jakim marzyła – połykając tabletki.

Poszukiwała tych tabletek od prawie sześciu miesięcy. Sądząc, że nigdy nie zdoła ich zdobyć, zaczęła nawet myśleć o podcięciu żył, lecz wtedy w pokoju byłoby pełno krwi i sprawiłaby kłopot zakonnicom. Bardzo by się zmartwiły. Ale samobójcza decyzja zmusza do myślenia przede wszystkim o sobie, o innych myśli się później. Zrobiłaby wszystko, byle jej śmierć nie wywołała zbyt wiele zamieszania, ale jeśli podcięcie żył miałoby się okazać jedynym wyjściem, to cóż – zakonnice musiałyby zapomnieć o całej historii i posprzątać pokój, inaczej nie udałoby się im wynająć go nikomu, bo ludzie, choć to już schyłek dwudziestego wieku, wciąż jeszcze wierzą w duchy.

Oczywiście, mogła się również rzucić z dachu jednego z nielicznych wieżowców Ljubljany, ale ileż niepotrzebnego cierpienia przysporzyłaby swoim rodzicom? Prócz szoku na wieść o śmierci córki, musieliby jeszcze przeżyć identyfikację zmasakrowanych zwłok. Nie, takie rozwiązanie byłoby gorsze od otwarcia sobie żył; zostawiłoby niezabliźnione rany w pamięci istot, które pragnęły jedynie jej dobra.

„Ze śmiercią córki będą się w stanie pogodzić, ale nigdy nie zapomną widoku roztrzaskanej czaszki".

Mogła strzelić do siebie, skoczyć z okna czy się

powiesić – ale żaden z tych wariantów nie odpowiadał jej kobiecej naturze. Gdy kobiety decydują się na śmierć, wybierają bardziej romantyczne sposoby – otwierają sobie żyły albo przedawkowują środki nasenne. Opuszczone księżniczki czy aktorki Hollywoodu dały tego rozliczne dowody.

Weronika wiedziała, że zawsze trzeba czekać na właściwy moment. I rzeczywiście tak było. Dwaj przyjaciele, poruszeni jej ciągłym uskarżaniem się na bezsenność, zdobyli od muzyków z miejscowej dyskoteki po dwa pudełka tabletek nasennych. Położyła je na nocnym stoliku i przez tydzień flirtowała ze śmiercią, żegnając się bez zbędnego sentymentalizmu z tym, co zwie się Życiem.

Teraz była szczęśliwa, że nie cofnęła się, ale i znudzona, bo nie wiedziała, co począć z resztką czasu, który jej pozostał.

Wróciła myślami do dopiero co przeczytanych niedorzeczności. Jak artykuł o komputerach może zaczynać się tak idiotycznym zdaniem: „Gdzie leży Słowenia?".

Nie znajdując nic ciekawszego, czym mogłaby się zająć, postanowiła przeczytać go do końca. Okazało się, że wspomniana gra komputerowa produkowana jest w Słowenii – w tym dziwnym kraju, o którym nikt, prócz jego mieszkańców, nic nie wie – ponieważ siła robocza jest tu bardzo tania. Francuska firma, wprowadzając przed kilkoma miesiącami ten produkt na rynek, wydała na zamku w Bledzie przyjęcie dla dziennikarzy z całego świata.

Weronika przypomniała sobie, że słyszała coś na temat tego bankietu. Był wielkim wydarzeniem w mieście nie tylko dlatego, że zamek został tak przystrojony na tę uroczystość, by przydał średniowiecznej atmosfery grze komputerowej, ale również dlatego, iż w lokalnej prasie rozgorzała polemika o to, że na przyjęcie zostali zaproszeni dziennikarze z Niemiec, Francji, Anglii, Włoch i Hiszpanii, ale ze Słowenii nie zaproszono nikogo.

Autor artykułu – który do Słowenii przyjechał po raz pierwszy, bez wątpienia na koszt organizatora, i zamierzał spędzić miło czas, oczarowując kolegów po fachu i wygłaszając pozornie tylko interesujące kwestie, pijąc i jedząc, nie wyjmując grosza z kieszeni – rozpoczął swój artykuł żartem, który miał chyba zrobić wrażenie na przemądrzałych intelektualistach z jego kraju. Po powrocie opowiedział zapewne swoim redakcyjnym kolegom kilka zmyślonych historii o miejscowych obyczajach, albo o tym, jak bez fantazji ubierają się Słowenki.

Ale to już był jego problem. Weronika umierała i miała na głowie inne zmartwienia. Chociażby, czy istnieje życie po śmierci, albo, kiedy znajdą jej ciało. Mimo to – a może właśnie dlatego – ten artykuł nie dawał jej spokoju.

Wyjrzała przez klasztorne okno wychodzące na mały plac w Ljubljanie. „Skoro nikt nie wie, gdzie leży Słowenia – pomyślała – to Ljubljana musi być dla ludzi jakimś mitem". Tak jak Atlantyda, Lemuria czy inne zagubione kontynenty, które niepokoją wyobraźnię człowieka. Nikt na świecie nie ośmieliłby się rozpocząć artykułu pytaniem, gdzie leży Mount Everest. Ale w samym środku Europy, dziennikarz szanującego się czasopisma, może bez cienia wstydu zapytać o Słowenię, bo większość czytelników nie ma pojęcia, ani gdzie leży ona, ani tym bardziej jej stolica – Ljubljana.

Nagle Weronika odkryła sposób na spędzenie czasu, który jej pozostał. Minęło już dziesięć minut, a ona wciąż nie czuła żadnej zmiany w organizmie. Ostatnim dziełem jej życia będzie list do tego czasopisma, wyjaśniający, że Słowenia jest jednym z pięciu krajów, które powstały na skutek rozpadu dawnej Jugosławii. Ten list będzie jej listem pożegnalnym, choć nie wyjawi w nim prawdziwych przyczyn samobójstwa.

Gdy znajdą jej ciało, dojdą do wniosku, że odebrała sobie życie, bo w jakimś czasopiśmie nie wiedzieli, gdzie leży jej kraj. Zaśmiała się, oczyma wyobraźni widząc już w prasie artykuły na temat jej śmierci za narodową sprawę. Zdumiało ją, jak szybko zmieniła zdanie, bo przecież jeszcze przed chwilą myślała coś całkiem odwrotnego, że wcale nie obchodzi jej ten świat i jego geograficzne problemy.

Napisała list. W przypływie dobrego humoru niemal postawiła pod znakiem zapytania konieczność swojej śmierci, ale zażyła już tabletki i było za późno, by się wycofać.

Miewała już chwile dobrego nastroju. Nie zabijała się dlatego, że była wiecznie smutna, zgorzkniała czy przygnębiona. Często popołudniami radośnie spacerowała ulicami Ljubljany lub obserwowała z klasztornego okna swego pokoju płatki śniegu spadające na mały plac, na którym stał pomnik poety. Pewnego razu bodaj przez miesiąc bujała w obłokach, bo właśnie na tym placu jakiś nieznajomy podarował jej bukiet kwiatów.

Uważała się za osobę całkowicie normalną. A samobójstwo popełniała z dwóch prostych powodów. Była pewna, że gdyby objaśniła w liście pożegnalnym te powody, wielu ludzi przyznałoby jej rację.

Po pierwsze: jej życie było monotonne. A kiedy przeminie młodość stanie się powoli zgorzkniałą, schorowaną staruszką. Wtedy opuszczą ją przyjaciele. Nie ma co kurczowo trzymać się życia, które może przynieść tylko cierpienia.

Po drugie: Weronika czytała gazety i oglądała telewizję, śledziła na bieżąco wydarzenia na świecie. Wszystko było nie tak, a ona nie mogła temu zaradzić i czuła się całkowicie bezużyteczna.

Teraz, za chwilę zazna ostatecznego, śmierci. Po niej nastąpi coś absolutnie innego. Skończyła pisać swój list i skupiła się na sprawach istotniejszych i bardziej przystających do chwili, którą właśnie żyła, czy też raczej, w której umierała.

Starała się wyobrazić sobie śmierć, ale na próżno. Ale przecież nie musiała się nią kłopotać, doświadczy jej niebawem. Za ile minut? Nie miała pojęcia. Radowało ją, że już wkrótce pozna odpowiedź na pytanie, które stawiali sobie wszyscy: czy Bóg istnieje?

W przeciwieństwie do wielu ludzi nie był to wewnętrzny dylemat jej życia. Za czasów komunizmu nauczano, że życie kończy się wraz ze śmiercią, więc przywykła do tej myśli. Jednak pokolenie jej rodziców i dziadków wciąż chodziło do kościoła, odbywało pielgrzymki, modliło się i żyło w świętym przekonaniu, że Bóg przykłada wagę do ich słów.

W wieku 24 lat, przeżywszy wszystko to, co było jej dane przeżyć – a było tego sporo! – Weronika była niemal pewna, że wszystko skończy się wraz ze śmiercią. Dlatego wybrała samobójstwo – nareszcie uwolnienie i wieczna niepamięć.

Jednak w głębi serca kołatała się jeszcze wątpliwość: a jeśli Bóg istnieje? Tysiące lat cywilizacji uczyniło z samobójstwa tabu, obrazę wszelkich przykazań religijnych. Człowiek walczy, by przetrwać, a nie po to, by się poddać. Ludzie powinni się mnożyć. Społeczeństwu potrzeba rąk do pracy. Kobieta i mężczyzna muszą mieć powód, by trwać razem na dobre i złe, nawet kiedy ich miłość wygasła. Państwu potrzebni są żołnierze, politycy i artyści.

„Jeśli Bóg istnieje – w co szczerze wątpię – to zrozumie, że istnieją granice ludzkiej wytrzymałości. To on stworzył cały ten nieład, gdzie panuje nędza, niesprawiedliwość, chciwość, samotność. Jego zamiary były wprawdzie wspaniałe, ale rezultaty okazały się opłakane. Jeśli Bóg istnieje, będzie zapewne wspaniałomyślny wobec stworzeń, które zechciały prędzej opuścić ten padół, a może nawet przeprosi za to, że zmusił nas do odbycia ziemskiej wędrówki".

Precz z tabu i przesądami! Jej głęboko wierząca matka mawiała, że Bóg zna przeszłość, teraźniejszość i przyszłość. A zatem powołał ją na ten świat w pełni świadom, że pewnego dnia odbierze sobie życie, i jego ten czyn nie zaszokuje.

Poczuła mdłości, które szybko zaczęły przybierać na sile.

Po paru minutach nie potrafiła już skupić się na widoku z okna. Była zima, około czwartej po południu, słońce już zachodziło. Dla innych życie będzie toczyć się dalej. Właśnie jakiś chłopak dostrzegł ją w oknie. Nawet do głowy mu nie przyszło, że ona umiera. Grupa boliwijskich muzyków (gdzie leży Boliwia? dlaczego artykuły w gazetach nie zaczynają się od takiego pytania?) grała przed pomnikiem France Preserena, wielkiego słoweńskiego poety, który odcisnął swój ślad w duszy narodu.

Czy uda jej się wysłuchać do końca melodii dochodzącej z placu? Byłoby to piękne pożegnanie z życiem: zapadający zmierzch, melodia niosąca marzenia z drugiego krańca świata, przytulny i ciepły pokój, piękny i pełen życia chłopak, który właśnie zatrzymał się i na nią zapatrzył. Zaczęła już odczuwać działanie środków nasennych. Ten przechodzień był ostatnim człowiekiem, jakiego widzi.

Uśmiechnął się. Odwzajemniła uśmiech – nie miała nic do stracenia. Pomachał do niej, ale udała, że patrzy gdzie indziej. Pozwalał sobie na zbyt wiele. Zbity z tropu poszedł w swoją stronę.

Weronika poczuła się szczęśliwa, że znów kogoś oczarowała. Ale to przecież nie z powodu braku miłości targnęła się na swoje życie, ani z braku czułości w rodzinie, czy przez kłopoty finansowe albo nieuleczalną chorobę.

Weronika umierała pięknego popołudnia w Ljubljanie, w takt boliwijskiej muzyki dochodzącej z placu, z młodzieńcem przechodzącym pod jej oknem w tle. Cieszyła się tym, co widziała i słyszała. A jeszcze bardziej tym, że nie będzie musiała uczestniczyć w takim samym spektaklu przez najbliższe trzydzieści, czterdzieści czy pięćdziesiąt lat – bo stałby się tragedią jej życia, tragedią, w której wszystko się powtarza, a każdy dzień podobny jest do poprzedniego.

Żołądek zaczął już podchodzić jej do gardła i poczuła się bardzo źle. „To dziwne, sądziłam, że po takiej dawce zasnę natychmiast". A tymczasem szumiało jej w uszach i zbierało się na wymioty.

„Jeśli zwymiotuję, nie umrę".

Postanowiła zapomnieć o mdłościach. Usiłowała skupić uwagę na szybko zapadającej nocy, na Boliwijczykach, na ludziach, którzy zamykali swoje sklepy i odchodzili. Szum w uszach stawał się coraz bardziej nieznośny i Weronika po raz pierwszy od chwili zażycia proszków poczuła strach, przeraźliwy strach przed nieznanym.

Ale trwało to tylko chwilę. Wkrótce potem straciła przytomność.

Otworzywszy oczy wcale nie pomyślała: „Muszę być w niebie". W niebie nigdy nie byłoby tych fluorescencyjnych świateł, a i ból, który pojawił się w ułamek sekundy później, był ziemskim bólem. Ah, ten ziemski ból! Jedyny w swoim rodzaju. Nie sposób pomylić go z niczym innym.

Próbowała się poruszyć, ale ból się nasilił. Przed jej oczami pojawiła się niezliczona ilość świetlistych punkcików. Weronika wiedziała, że owe punkciki nie są gwiazdami w raju, tylko objawem dojmującego bólu.

– Odzyskałaś świadomość – usłyszała kobiecy głos. – Teraz jesteś już dwiema nogami w piekle, korzystaj z tego do woli.

Nie, to niemożliwe, ten głos kłamał. To nie mogło być piekło, bo było jej bardzo zimno i miała plastikowe rurki w nosie i w ustach. Jedną z nich, wepchnięto jej do gardła i pomyślała, że przez nią za chwilę się udusi. Chciała się jej pozbyć, ale okazało się, że ma spętane ręce.

– Żartuję, to wcale nie piekło – mówił wciąż ten sam głos. – To gorsze niż piekło, choć nigdy tam nie byłam. To Villete.

Weronika mimo bólu i wrażenia, że za chwilę się udusi, w ułamku sekundy pojęła, co się stało. Usiłowała popełnić samobójstwo, lecz ktoś przybył na czas, by ją ocalić. Może jakaś zakonnica, albo przyjaciółka, która zjawiła się bez zapowiedzi, bo przyniosła coś, o co Weronika prosiła, choć o tym zapomniała. Faktem było, że przeżyła i znajdowała się w Villete.

Villete, osławiony i posępny azyl psychiatryczny, istniejący od 1991 roku, pamiętnego roku odzyskania niepodległości. Wtedy to pewna grupa europejskich biznesmenów, przeświadczonych, że podział byłej Jugosławii nastąpi na drodze pokojowej (operacja wojskowa w Słowenii trwała zaledwie jedenaście dni), uzyskała zgodę na założenie szpitala dla psychicznie chorych w dawnych, opuszczonych przez wojsko z powodu wysokich kosztów utrzymania koszarach.

W miarę jednak jak rozpalały się zarzewia wojny – najpierw w Chorwacji, potem w Bośni – rosło zaniepokojenie wśród biznesmenów. Pieniądze na szpital miały pochodzić od rozproszonych po całym świecie inwestorów, których nazwisk nie znano, nie można więc było pójść do nich, tłumaczyć i prosić o cierpliwość. Postanowiono rozwiązać problem stosując praktyki bynajmniej nie zalecane w przypadku szpitala psychiatrycznego i Villete stało się dla młodego narodu, który dopiero co wyfrunął spod skrzydeł opiekuńczego komunizmu, symbolem tego, co w kapitalizmie najgorsze – aby uzyskać miejsce w tym osławionym szpitalu, wystarczyło mieć pieniądze.

Ci, którzy pragnęli pozbyć się członków rodziny, niewygodnych w sporach spadkowych, czy krewnych, którzy zachowywali się nieodpowiednio, płacili krocie, by zdobyć zaświadczenie lekarskie, pozwalające na umieszczenie w Villete dzieci lub rodziców, będących przyczyną problemów. Inni, uciekając przed wierzycielami lub chcąc uniknąć wieloletniego więzienia, zaszywali się na jakiś czas w szpitalu, z którego wychodzili wolni od długów i widma aresztu.

Villete, miejsce, z którego nikt nigdy nie uciekł, skupiało prawdziwych wariatów – internowanych tutaj wyrokiem sprawiedliwości, bądź przeniesionych z innych szpitali, i tych, których oskarżono o szaleństwo oraz ludzi udających obłąkanych. W związku z tym panował tu niesamowity bałagan i prasa raz po raz donosiła o złym traktowaniu chorych i nadużyciach, choć żadnemu z dziennikarzy nie udało się uzyskać zgody na wejście na teren szpitala i przyjrzenie się temu, co dzieje się w środku. Rząd badał doniesienia, ale nie zdołano zgromadzić żadnych dowodów, akcjonariusze grozili, że rozprzestrzenią pogłoskę o trudnościach stwarzanych zagranicznym inwestorom, lecz sama instytucja ciągle rosła w siłę.

– Moja ciotka zabiła się kilka miesięcy temu – usłyszała ten sam kobiecy głos. – Spędziła osiem lat niemal nie wychodząc ze swojego pokoju, jedząc, tyjąc, paląc, biorąc środki uspokajające i śpiąc przez większość czasu. Miała dwie córki i kochającego męża.

Weronika bezskutecznie próbowała odwrócić głowę w kierunku dochodzącego głosu.

– Widziałam jeden jedyny raz jak zerwała z rutyną. W dniu gdy mąż znalazł sobie kochankę. Urządziła wtedy skandal, straciła kilka kilogramów, potłukła parę kieliszków i przez wiele tygodni jej krzyki nie pozwalały spać sąsiadom. Choć zabrzmi to absurdalnie, myślę że był to najszczęśliwszy okres w jej życiu, bo wtedy o coś walczyła, czuła, że żyje, że jest w stanie sprostać wszelkim wyzwaniom.

„Co ja mam z tym wspólnego? – pomyślała Weronika, niezdolna wydobyć z siebie głosu. – Nie jestem niczyją ciotką i nie mam męża!"

– W końcu mąż rzucił kochankę – ciągnęła dalej kobieta. – Ciotka stopniowo wracała do swej zwykłej bierności. Pewnego dnia zadzwoniła do mnie z nowiną, że pragnie zmienić swoje życie – już rzuciła palenie. Jeszcze w tym samym tygodniu, by uśpić głód nikotynowy, zaczęła zażywać więcej środków uspokajających, po czym uprzedziła wszystkich domowników, że gotowa jest targnąć się na swoje życie. Nikt jej nie uwierzył. Któregoś ranka zostawiła mi pożegnalną wiadomość na sekretarce. Otruła się gazem. Przesłuchiwałam wiele razy tę wiadomość. Nigdy nie słyszałam jej tak spokojnej, pogodzonej z losem. Mówiła, że nie czuje się ani szczęśliwa ani nieszczęśliwa i tego nie może dłużej znieść.

Weronika współczuła tej kobiecie, która opowiadała historię swojej ciotki, próbując dociec, co popchnęło ją do samobójstwa. Bo jak – w świecie, gdzie wszyscy starają się przeżyć za wszelką cenę – osądzać tych, którzy decydują się na śmierć?

Nikt nie ma prawa ich osądzać. Każdy zna ogrom swego cierpienia i tylko on sam może ocenić, czy jego życie ma sens czy nie. Weronika chciała to wytłumaczyć, ale przeszkadzała jej rurka wtłoczona do gardła. Zaczęła się krztusić i kobieta przyszła jej z pomocą.

Zobaczyła, jak pochyla się nad jej ciałem skrępowanym, podłączonym do rozlicznych tub, zabezpieczonym przed zakusami autodestrukcji. Poruszyła głową z boku na bok, błagając wzrokiem, by wyjęto jej z gardła rurkę i pozwolono umrzeć w spokoju.

– Jesteś zdenerwowana – powiedziała kobieta. – Nie wiem, czy żałujesz, czy nadal chcesz umrzeć, ale mnie to nie interesuje. Obchodzą mnie jedynie moje obowiązki. A w myśl regulaminu, gdy pacjent jest wzburzony, powinnam mu wstrzyknąć środek uspokajający.

Weronika przestała się rzucać na łóżku, ale pielęgniarka już wbiła jej igłę w ramię. Wkrótce po tym Weronika wróciła do osobliwego świata, świata bez snów, gdzie jedynym zapamiętanym obrazem była twarz dopiero co ujrzanej kobiety: zielone oczy, kasztanowe włosy i całkowita obojętność właściwa tym, którzy wykonują to, co im nakazano, nie kwestionując zasad regulaminu.

Paulo Coelho usłyszał historię Weroniki w trzy miesiące później, podczas kolacji w algierskiej restauracji w Paryżu. Opowiedziała mu ją przyjaciółka, także Słowenka i także Weronika, córka ordynatora szpitala w Villete.

Potem, gdy postanowił napisać o tym książkę, chciał zmienić imię swej przyjaciółki Weroniki na Blaskę, Edwinę czy Marjecję, albo na inne słoweńskie imię, by czytelnikowi nie myliły się Weroniki. W końcu jednak zdecydował się pozostawić rzeczywiste imiona. Ilekroć wspomni o swej przyjaciółce Weronice, będzie ją nazywać „przyjaciółką Weroniką". Jeśli zaś mowa będzie o drugiej Weronice, to nie chciał jej dodatkowo określać. Mówienie o niej, głównej bohaterce książki, „Weronika wariatka" czy „Weronika, która targnęła się na swoje życie" z pewnością znudziłoby czytelnika. Tak czy owak on sam i jego przyjaciółka Weronika zaistnieją tylko w tym, krótkim fragmencie książki.

Przyjaciółka Weronika była oburzona zachowaniem swego ojca, zwłaszcza, że sprawował on funkcję dyrektora szanowanej instytucji i pisał pracę, którą miało zaopiniować szacowne grono profesorów.

– Czy wiesz, skąd skąd się wziął „azyl"? – spytała. – Od prawa, które mieli ludzie jeszcze w średniowieczu. Pozwalano im chronić się w kościołach i miejscach świętych. Prawo do azylu rozumie każdy cywilizowany człowiek! Jak więc mój ojciec, dyrektor azylu psychiatrycznego, mógł postąpić w ten sposób wobec chorego?

Paulo Coelho chciał poznać dzieje Weroniki w szczegółach, bo miał po temu wspaniały powód.

On również przebywał w zakładzie psychiatrycznym, czy też raczej w hospicjum, bo tym mianem określano szpitale tego rodzaju. I zdarzyło się to nie jeden ale aż trzy razy – w 1965, 1966 i 1967 roku. Miejscem jego odosobnienia była klinika Doktora Eirasa w Rio de Janeiro.

Powód, dla którego go tam umieszczano, pozostał dla niego do dziś niejasny. Być może rodzice byli zdezorientowani jego popadaniem ze skrajności w skrajność, od nieśmiałości do ekstrawertyzmu, albo bezradni wobec jego pragnienia bycia „artystą", co w rodzinie uchodziło za najprostszy sposób na to, by się stoczyć i umrzeć w nędzy.

Gdy o tym myślał, a czynił to z rzadka, przypisywał prawdziwe szaleństwo lekarzowi, który zgodził się zamknąć go w hospicjum bez żadnego konkretnego powodu. Jak to bywa w niejednej rodzinie, najczęściej tłumaczy się rodziców tym, że nie wiedzieli, co robią, podejmując tak drastyczne decyzje i zrzuca się winę na innych.

Paulo roześmiał się na wieść o tym, że Weronika pozostawiła osobliwy list do prasy, w którym protestowała przeciw ignorancji znanego francuskiego czasopisma wobec jej kraju.

– Nikt nie zabija się z tego powodu.

– Dlatego list nie miał żadnego oddźwięku – powiedziała przyjaciółka Weronika. – Zresztą nie dalej jak wczoraj, gdy meldowałam się w hotelu, zapytano mnie, czy Słowenia to miasto w Niemczech.

„Tego rodzaju historie są na porządku dziennym" – pomyślał Paulo. Wielu obcokrajowców uważało argentyńskie miasto Buenos Aires za stolicę Brazylii.

Ale oprócz tego, że cudzoziemcy często gratulowali mu uroku miasta, o którym sądzili, że jest stolicą jego ojczyzny, choć tak naprawdę znajdowało się w sąsiednim kraju, Paula Coelho łączył z Weroniką wspomniany już pobyt w zakładzie dla psychicznie chorych, „skąd nigdy nie powinien był wyjść", jak to pewnego razu skomentowała jego pierwsza żona.

A jednak wyszedł. Opuściwszy klinikę Doktora Eirasa, zdecydowany nigdy już tam nie wrócić, poprzysiągł sobie dwie rzeczy: opisać swoje doświadczenia i opublikować je dopiero po śmierci rodziców. Nie chciał ich ranić, gdyż oboje dość już wycierpieli, obwiniając się za to, co zrobili.

Jego matka zmarła w 1993 roku, a ojciec w 1997 roku skończył 84 lata i pomimo stwierdzonej rozedmy płuc (choć nigdy nie palił), pomimo odżywiania się mrożonkami (bo żadna gosposia nie była w stanie znieść jego humorów), był w pełni władz umysłowych i cieszył się doskonałym zdrowiem.

Tak więc Paulo, usłyszawszy historię Weroniki, odkrył wspaniały sposób na opisanie swych przeżyć bez łamania złożonej obietnicy. Choć sam nigdy nie myślał o samobójstwie, doskonale znał kulisy szpitala psychiatrycznego: metody leczenia, stosunki między lekarzami i pacjentami, komfort i lęk z przebywania w takim miejscu.

A teraz zostawmy Paula Coelho i jego przyjaciółkę Weronikę – raz na zawsze opuszczają teraz łamy tej książki – i powróćmy do naszej historii.

Weronika nie wiedziała, jak długo spała. Pamiętała jedynie, że gdy obudziła się w pewnym momencie, wciąż jeszcze podłączona do aparatury reanimacyjnej, usłyszała:

– Czy chcesz, by cię zaspokoić?

Ale teraz, rozglądając się po pokoju szeroko otwartymi oczami, nie wiedziała, czy zdarzyło się to naprawdę, czy była to tylko halucynacja. Prócz tego nie pamiętała nic, zupełnie nic.

Nie miała już rurek w nosie ani w ustach, ale igły wciąż tkwiły w jej ciele, elektrody w okolicach serca i na głowie, a ręce nadal były przywiązane. Leżała nago, okryta jedynie prześcieradłem i choć drżała z zimna, nie chciała o nic prosić. Ograniczona zielonym parawanem przestrzeń zastawiona była urządzeniami do intensywnej terapii, jej łóżkiem oraz białym krzesłem, na którym siedziała pielęgniarka, zagłębiona w lekturze jakiejś książki.

Ta kobieta dla odmiany miała ciemne oczy

i kasztanowe włosy. Mimo to Weronika nie była do końca pewna, czy to właśnie z nią rozmawiała przed kilkoma godzinami, a może dniami?

– Czy może pani odwiązać mi ręce?

Pielęgniarka podniosła wzrok, rzuciła lakoniczne „nie" i wróciła do swojej książki.

„Nadal żyję – pomyślała Weronika – i wszystko zacznie się od nowa. Będę musiała pobyć tu jakiś czas, dopóki nie stwierdzą, że jestem całkiem normalna. Potem wypiszą mnie i znów zobaczę ulice Ljubljany, okrągły plac, mosty, ludzi na ulicach śpieszących do pracy i wracających do domu.

Ponieważ ludzie zawsze starają się pomóc innym po to, by poczuć, że są lepsi niż są, przyjmą mnie znów do pracy w bibliotece. Z czasem zacznę odwiedzać te same co zwykle bary i te same dyskoteki, będę rozmawiać z przyjaciółmi o niesprawiedliwości i problemach na świecie, chodzić do kina, spacerować nad jeziorem.

Wybrałam tabletki, więc moje ciało nie jest zniekształcone. Wciąż jestem młoda, ładna, inteligentna, będzie mi łatwo – tak jak zawsze było – znaleźć kochanków. Będę się kochać z nimi u nich w domu albo w lesie, sprawi mi to nawet rozkosz, ale zaraz po orgazmie wróci poczucie pustki. Nie będziemy sobie mieli wiele do powiedzenia, oboje zaczniemy szukać wykrętów typu: „już późno" albo „jutro muszę wcześnie wstać" i pośpiesznie się rozejdziemy, nie patrząc sobie w oczy.

Wrócę do pokoju w klasztorze. Spróbuję poczytać jakąś książkę, włączę telewizor i pogapię się na te, co zwykle programy, nastawię budzik na tę samą godzinę co poprzedniego dnia, będę machinalnie wykonywać zadania powierzone mi w bibliotece.

W porze obiadowej zjem kanapkę w parku naprzeciw teatru, siedząc na tej ławce, co zwykle, obok innych ludzi, którzy też zawsze wybierają te same ławki i mają to samo puste spojrzenie, choć udają, że są zaprzątnięci sprawami najwyższej wagi.

Po przerwie wrócę do pracy, posłucham plotek o tym, kto z kim sypia, kto ma kłopoty, kto płakał z powodu męża i będę miała poczucie, że jestem lepsza niż inni, bo jestem ładna, mam pracę, mogę poderwać kogo zechcę. Pod koniec dnia wpadnę do baru i tak będzie w kółko.

Matka, która pewnie teraz zamartwia się moją próbą samobójstwa, jakoś otrząśnie się z szoku i zacznie mnie wypytywać, co zamierzam dalej począć ze swoim życiem, dlaczego nie jestem taka jak inni. Zacznie twierdzić, że życie nie jest tak skomplikowane, jak mi się wydaje. „Spójrz chociażby na mnie. Od lat jestem z twoim ojcem i zawsze staraliśmy się dać ci jak najlepsze wykształcenie i jak najlepszy przykład".

Aż pewnego dnia, znużona wysłuchiwaniem wciąż tego samego, wyjdę za mąż, by sprawić jej przyjemność i zmuszę się do kochania poślubionego człowieka. W końcu oboje zaczniemy wspólnie marzyć o miłym domku na wsi, o dzieciach, o ich przyszłości. W pierwszym roku będziemy się często kochać, w drugim nieco mniej, a od trzeciego o seksie będziemy myśleć dwa razy w miesiącu, ale tylko raz będziemy tę myśl wprowadzać w czyn. Co gorsza, niemal przestaniemy ze sobą rozmawiać. Będę znosić to cierpliwie i zastanawiać się, co jest ze mną nie tak, skoro nie potrafię go już zainteresować swoją osobą, nie zwraca na mnie uwagi, rozprawia o swych przyjaciołach, jakby byli całym jego światem.

Gdy nasze małżeństwo zawiśnie na włosku, zajdę w ciążę. Będziemy mieli dziecko, na jakiś czas staniemy się sobie bliżsi, ale wkrótce wszystko wróci do poprzedniego stanu.

Wtedy zacznę tyć, tak jak ciotka tej pielęgniarki, która była tu wczoraj, albo przedwczoraj, sama już nie wiem. Przejdę na dietę, z każdym dniem i tygodniem pokonywana przez kilogramy uparcie przyrastające mimo skrupulatnej kontroli. Wówczas zacznę brać te magiczne narkotyki, które nie pozwalają popaść w depresję i będę miała znów dzieci, poczęte podczas miłosnych nocy, które mijają zbyt szybko. Będę mówiła wszystkim, że dzieci są całym moim życiem, ale, tak naprawdę, to one będą mnie trzymać przy życiu.

Wśród ludzi będziemy uchodzić za szczęśliwe małżeństwo i nikt się nawet nie domyśli, że za pozorem szczęścia kryje się samotność, gorycz, wyrzeczenie.

Pewnego pięknego dnia odkryję, że mój mąż ma kochankę. Być może urządzę awanturę, jak ciotka tej pielęgniarki, albo znów pomyślę o samobójstwie. Ale będę już za stara i zbyt tchórzliwa, z dwojgiem lub trojgiem dzieci na karku, które mnie potrzebują, które muszę wychować, urządzić, zanim to wszystko zostawię. Nie zabiję się. Wywołam skandal, postraszę go, że odejdę z dziećmi. On, tak jak każdy mężczyzna, wycofa się, zapewni, że mnie kocha, że to się więcej nie powtórzy. Nigdy przez myśl mu nie przejdzie, że gdybym rzeczywiście odeszła, musiałabym wrócić do rodziców i do końca życia słuchać co dzień narzekań matki, że straciłam jedyną okazję, by być szczęśliwa, że on, mimo drobnych wad, był wspaniałym mężem, że dzieci wiele ucierpią z powodu naszego rozstania.

Miną dwa, może trzy lata i następna kobieta pojawi się w jego życiu. Sama to odkryję, albo ktoś mi o tym doniesie, ale tym razem udam, że o niczym nie wiem. Nie będę już miała dość siły, by walczyć jak z pierwszą kochanką, zaakceptuję więc życie takie jakie jest. Okaże się, że matka miała rację.

Mąż będzie dla mnie miły, ja nadal będę pracować w bibliotece, jeść kanapki na placu naprzeciw teatru, czytać książki, których nigdy nie skończę, oglądać programy w telewizji, które za dziesięć, dwadzieścia i pięćdziesiąt lat nic się nie zmienią.

Tyle tylko, że kanapki jeść będę z poczuciem winy, że tyję. I przestanę zaglądać do barów, bo w domu będzie czekał mąż, w nadziei, że zajmę się dziećmi.

Odtąd będę tylko cierpliwie czekać, aż dzieci podrosną i całymi dniami rozmyślać o samobójstwie, nie mając odwagi, by je popełnić. Pewnego pięknego dnia dojdę do wniosku, że życie takie już jest, nic nie można na to poradzić, ani nic zmienić. I pogodzę się z tym".

Weronika skończyła swój wewnętrzny monolog i obiecała sobie, że nie wyjdzie żywa z Villete. Lepiej skończyć z tym wszystkim teraz, gdy ma jeszcze dość odwagi i zdrowia, by umrzeć.

Zasypiała i budziła się wielokrotnie, za każdym razem dostrzegając, że urządzeń wokół było coraz mniej. Zmieniały się twarze pielęgniarek. Zawsze ktoś czuwał przy jej łóżku. Przez zielone płótno parawanu dochodził czyjś płacz, jęki, jakieś fachowo brzmiące słowa, wypowiadane wyważonym tonem. Zdarzało się, że jakieś urządzenie brzęczało w odległym pomieszczeniu i wtedy słychać było przyspieszone kroki w korytarzu, a głosy nie były już tak spokojne i tak fachowe.

Podczas jednej z takich świadomych chwil usłyszała pytanie pielęgniarki:

– Nie chce pani znać stanu swego zdrowia?

– Wiem, jaki jest – odparła Weronika. – Mój stan to nie to, co widzicie w moim ciele, ale to, co dzieje się w mojej duszy.

Pielęgniarka chciała jeszcze coś powiedzieć, ale Weronika udała, że śpi.

Kiedy na dobre odzyskała przytomność, zorientowała się, że jest w innym miejscu – w pomieszczeniu, które przypominało wielką salę szpitalną. W rękę nadal miała wkłutą igłę od kroplówki z surowicą, ale od wszystkich innych urządzeń ją odłączono.

Jakiś wysoki lekarz, ubrany w biały fartuch, kontrastujący z farbowanymi na czarno włosami i wąsikiem, stał przy jej łóżku. Obok niego młody stażysta trzymał kartę i notował.

– Od jak dawna jestem tutaj? – spytała. Mówienie przychodziło jej z wielką trudnością.

– W tej sali dwa tygodnie, po pięciu dniach na oddziale intensywnej terapii – odparł starszy mężczyzna. – I dziękuj Bogu, że jeszcze tu jesteś.

Młodszy zdawał się zaskoczony, tak jakby to ostatnie zdanie nie było w pełni prawdziwe. Weronika natychmiast zauważyła to i instynktownie zareagowała nieufnością. Czyżby była tu dłużej? Może nadal jej coś grozi? Zaczęła zwracać baczną uwagę na każdy gest, każdy ruch obu mężczyzn. Wiedziała, że na nic się zda zadawanie pytań, nigdy nie powiedzą jej prawdy. Ale jeśli będzie wystarczająco sprytna, sama odkryje, o co w tym wszystkim chodzi.

– Proszę podać swoje imię, nazwisko, adres zamieszkania, stan cywilny i datę urodzenia – mówił dalej starszy lekarz.

Weronika podała swoje imię i nazwisko, stan cywilny i datę urodzenia, ale nijak nie mogła sobie przypomnieć swojego adresu.

Lekarz zaświecił jej latarką w oczy i badał je długo, nic nie mówiąc. Młodszy zrobił to samo. Po czym obaj wymienili między sobą znaczące spojrzenia.

– Podobno powiedziałaś pielęgniarce z nocnego dyżuru, że nie jesteśmy w stanie zobaczyć twojej duszy? – spytał młodszy z nich.

Weronika nie pamiętała. Z trudnością uświadamiała sobie kim jest, i co tu robi.

– Twoja śpiączka wywołana była środkami uspokajającymi, co może powodować pewne luki w pamięci. Postaraj się odpowiedzieć na wszystkie pytania, które ci zadamy.

I lekarze rozpoczęli swój absurdalny wywiad: jakie ważne czasopisma wychodzą w Ljubljanie, kim był poeta, którego pomnik stoi na głównym placu (o, tego nie zapomni nigdy, w każdej słoweńskiej duszy wyryty jest obraz Preserena), jakiego koloru są włosy jej matki, jak mają na imię jej przyjaciele z pracy, jakie książki są najczęściej wypożyczane z biblioteki...

Z początku Weronika nie chciała odpowiadać,

bo białych plam w jej umyśle było więcej niż wspomnień, ale po kilku zadanych pytaniach pamięć zaczęła jej wracać. W pewnym momencie uświadomiła sobie, że jest w azylu psychiatrycznym, a przecież wariaci nie muszą zachowywać się normalnie, ale dla swojego własnego dobra i by zatrzymać przy sobie lekarzy, którzy mogli powiedzieć jej coś więcej o jej stanie zdrowia, zmusiła umysł do wysiłku. W miarę jak podawała nazwiska i fakty odzyskiwała nie tylko przeszłość, ale i osobowość, pragnienia, swój sposób widzenia świata. Myśl o samobójstwie, która jeszcze tego ranka wydawała się jej pogrzebana pod wieloma warstwami środków nasennych, wydobyła się znów na powierzchnię.

– To wystarczy, dziękujemy – zakończył wywiad starszy lekarz.

– Jak długo jeszcze tu zostanę?

Młodszy spuścił wzrok, a Weronika poczuła się tak, jakby tkwiła w stanie zawieszenia, w którym od odpowiedzi lekarzy zależy jej dalszy los, to czy aby jej życie nie potoczy się nowym torem.

– Może niech pan jej to powie – odezwał się starszy lekarz do młodszego. – Plotka już się rozeszła i dowie się tak czy owak. Tutaj nic nie uchowa się w tajemnicy.

– No cóż, sama wybrałaś swój los – westchnął młodszy, ważąc każde słowo. – A oto skutki twojego czynu. W śpiączce wywołanej tabletkami nasennymi twoje serce zostało nieodwracalnie uszkodzone. Nastąpiło obumarcie jednej z komór serca...

– Proszę prościej – przerwał starszy. – Najlepiej niech pan przejdzie od razu do rzeczy.

– Twoje serce zostało w sposób nieodwracalny uszkodzone i wkrótce przestanie bić.

– Co to oznacza? – zapytała przerażona.

– Gdy serce przestaje bić, oznaczać to może tylko jedno – śmierć fizyczną. Nie wiem, jakie są twoje przekonania religijne, ale...

– Kiedy moje serce się zatrzyma? – przerwała mu w pół słowa.

– Za jakieś pięć dni, najdalej za tydzień.

Weronika zauważyła, że choć lekarz zachowywał się profesjonalnie i współczuł jej, to osobliwie ucieszył się, że jej to mówi. Tak jakby zasługiwała na karę, która mogła stać się doskonałą nauczką dla innych.

Weronika wiedziała z doświadczenia, że istnieje sporo ludzi, którzy rozprawiają o nieszczęściach innych i udają tylko chęć niesienia im pomocy, a tak naprawdę cieszą się z cudzego cierpienia, bo to ich utwierdza w mniemaniu, że sami są szczęściarzami, i że życie jest dla nich łaskawe. Nienawidziła tego rodzaju ludzi. Nie da temu chłopakowi okazji do radości, którą chce przysłonić własną frustrację.

Spojrzała mu prosto w oczy i uśmiechnęła się.

– A więc udało mi się.

– Tak, udało ci się – odparł. Ale całe jego zadowolenie, iż mógł jej zakomunikować tak tragiczne wieści, ulotniło się.

Nadeszła noc i Weronika zaczęła się bać. Co innego poddać się szybkiemu działaniu tabletek, a co innego czekać na śmierć pięć dni, może tydzień.

Całe swoje życie ciągle na coś czekała: na powrót ojca z pracy, na spóźniający się list od chłopaka, na wynik końcowych egzaminów, na pociąg, na autobus, na telefon, na wakacje i na ich koniec. Teraz musiała czekać na śmierć, której data była już wyznaczona.

„Tylko mnie mogło się przydarzyć coś takiego. Zwykle ludzie umierają wtedy, kiedy się tego najmniej spodziewają".

Musiała się stąd wydostać i zdobyć jakoś nowe tabletki. Jeśli to się nie uda, wtedy trudno, pozostanie jej tylko rzucić się z dachu wieżowca. Wprawdzie pragnęła oszczędzić rodzicom dodatkowych cierpień, ale, niestety, nie miała wyboru.

Rozejrzała się wokół. Wszystkie łóżka były zajęte, ludzie spali, niektórzy głośno chrapiąc.

W oknach zainstalowano kraty. W głębi sali świeciła lampka, wypełniając wnętrze dziwnymi cieniami i pozwalając na stałą kontrolę. W kręgu jej światła jakaś kobieta czytała książkę.

„Te pielęgniarki muszą być bardzo wykształcone. Spędzają życie na czytaniu".

Weronika leżała najdalej od drzwi i od pielęgniarki oddzielało ją niemal dwadzieścia łóżek. Podniosła się z trudem. Jeśli wierzyć słowom lekarza, prawie trzy tygodnie nie wstawała. Pielęgniarka uniosła głowę znad książki i zobaczyła nadchodzącą dziewczynę z butelką surowicy w ręku.

– Chcę iść do łazienki – wyszeptała cicho, żeby nikogo nie obudzić.

Kobieta niedbałym ruchem wskazała jej drzwi. Umysł Weroniki zaczął pośpiesznie pracować, gorączkowo rozglądała się dokoła, wypatrując jakiejś szpary, jakiejś możliwości ucieczki z tego miejsca. „Muszę to zrobić jak najszybciej, póki sądzą, że jestem jeszcze słaba i niezdolna do działania".

W łazience nie było drzwi. Gdyby chciała stąd uciec, musiałaby znienacka obezwładnić pielęgniarkę i wykraść jej klucz – a na to była zbyt osłabiona.

– Czy to więzienie? – spytała pilnującej kobiety, która porzuciła lekturę i śledziła teraz każdy jej krok.

– Nie. Szpital psychiatryczny.

– Ja nie jestem wariatką.

Kobieta zaśmiała się.

– Tutaj wszyscy tak mówią.

– No więc dobrze. Jestem szalona. A co to znaczy być szaleńcem?

Pielęgniarka odesłała Weronikę do łóżka, tłumacząc, że nie powinna jeszcze chodzić.

– Co to znaczy być szaleńcem? – nie dawała za wygraną Weronika.

– Proszę o to zapytać jutro lekarza. A teraz niech pani idzie spać, bo inaczej, wbrew własnej woli, będę zmuszona wstrzyknąć pani środek uspokajający.

Weronika posłusznie ruszyła w stronę łóżka. Po drodze usłyszała szept dochodzący z któregoś posłania:

– Nie wiesz, co to znaczy być szaleńcem?

Przez moment pomyślała, że lepiej nie reagować. Nie pragnęła nawiązywać ani przyjaźni, ani znajomości, ani zjednywać sojuszników dla sprawy masowego buntu. Miała tylko jedną idée fixe – umrzeć. Jeśli nie zdoła uciec, znajdzie sposób, aby się zabić tutaj, i to jak najszybciej.

Usłyszała znowu:

– Nie wiesz, co to znaczy być szaleńcem?

– Kim jesteś?

– Nazywam się Zedka. Idź na swoje miejsce, a gdy pielęgniarka pomyśli, że już śpisz, przyczołgaj się tutaj do mnie.

Weronika wróciła do łóżka i czekała cierpliwie, aż pielęgniarka znów zagłębi się w lekturze. Co to znaczy być szaleńcem? Nie miała pojęcia, bo słowa tego często nadużywano. Mówiono na przykład, że sportowcy byli szaleni, bo pragnęli pobić rekord, albo że artyści są wariatami, bo żyją w sposób nieprzewidywalny, nie dbając o jutro, w przeciwieństwie do wszystkich „normalnych". Ale byli również i tacy wariaci – Weronika widziała ich na własne oczy – którzy chodzili zimą ulicami Ljubljany, skąpo odziani, wieszcząc koniec świata i pchając przed sobą, wypełnione tobołkami i szmatami wózki z supermarketów.

Nie chciało jej się spać. Według słów lekarza spała niemal tydzień bez przerwy, aż nadto jak na kogoś, kto przywykł do życia bez większych emocji i do ściśle wyznaczonych godzin odpoczynku. Co to znaczy być szaleńcem? Lepiej było spytać jednego z nich.

Odłączyła się od kroplówki i podczołgała do Zedki, starając się nie zwracać uwagi na skurcze żołądka. Nie wiedziała, czy towarzyszące im mdłości były skutkiem osłabienia serca, czy raczej wysiłku.

– Nie wiem, kto to jest wariat – wyszeptała Weronika. – Ale ja nie jestem wariatką, tylko sfrustrowaną samobójczynią.

– Wariatem jest ten, kto żyje w swoim własnym świecie, jak schizofrenicy, psychopaci czy maniacy. Albo inaczej: ten, kto jest inny niż reszta ludzi.

– Jak ty?

– Musiałaś przecież słyszeć o Einsteinie – ciągnęła Zedka, puszczając jej pytanie mimo uszu – który uważał, że nie ma osobno ani czasu ani przestrzeni, tylko jedna czasoprzestrzeń. Czy o Kolumbie, który uparcie twierdził, że po drugiej stronie morza nie ma otchłani, lecz inny kontynent. Albo o Edmundzie Hillarym, który wierzył, że człowiek może wejść na szczyt Mount Everestu. Czy o Beatlesach, którzy stworzyli nową muzykę i ubierali się zupełnie inaczej, niż nakazywała wtedy moda. Wszyscy ci ludzie, i tysiące innych, żyli w swoim własnym świecie.

„Ta obłąkana mówi do rzeczy" – pomyślała Weronika, przypominając sobie opowieści matki o świętych, którzy zarzekali się, że rozmawiali z Jezusem albo Maryją Dziewicą. Czy i oni żyli w innym świecie?

– Widziałam kiedyś kobietę w czerwonej sukni z dużym dekoltem, jak paradowała ulicami Ljubljany przy pięciostopniowym mrozie. Patrzyła przed siebie szklanymi oczami. Wzięłam ją za pijaną i chciałam jej jakoś pomóc, ale odtrąciła mnie, gdy chciałam jej dać moją kurtkę.

– Być może w jej świecie było właśnie lato, a jej serce rozpalała tęsknota za kimś, kto na nią czekał. Nawet jeśli ten ktoś istniał tylko w jej chorej wyobraźni, to przecież miała prawo żyć i umrzeć tak jak jej się podobało, nie sądzisz?

Weronika nie wiedziała, co odpowiedzieć, ale słowa tej wariatki miały sens. Kto wie? Może to ona była tą wydekoltowaną kobietą, która paradowała po ulicach Ljubljany?

– Opowiem ci pewną historię – ciągnęła Zedka. – Raz pewien potężny czarnoksiężnik, chcąc zniszczyć królestwo, wlał magiczny płyn do studni, z której czerpali wszyscy mieszkańcy. Ktokolwiek napił się tej wody, stawał się szalony.

Następnego ranka wszyscy mieszkańcy napili się ze studni i każdy z nich popadł w obłęd, z wyjątkiem króla i rodziny królewskiej, która miała własną studnię, a do niej czarnoksiężnik nie zdołał dotrzeć. Zaniepokojony król próbował opanować sytuację, wydając szereg dekretów, które miały poprawić bezpieczeństwo i stan zdrowia mieszkańców, jednak strażnicy i inspektorzy, którzy również napili się zatrutej wody, uznali dekrety za absurdalne i wcale nie zamierzali ich wypełniać.

Gdy do poddanych dotarła wieść o królewskich

dekretach, doszli do wniosku, że ich władca oszalał i głośno protestując, udali się pod pałac, domagając się jego abdykacji.

Zdesperowany król gotów był już opuścić tron, ale królowa powstrzymała go słowami: „Chodźmy teraz i my napić się wody. Wtedy staniemy się tacy jak oni".

I tak też uczynili. Kiedy tylko król i królowa napili się wody szaleństwa, natychmiast zaczęli mówić od rzeczy. Wówczas poddani zaczęli go żałować. Skoro król zaczął przemawiać tak mądrze, dlaczego nie zostawić rządów w jego rękach?

I spokój znów zapanował w królestwie, choć ludzie zachowywali się w nim całkiem inaczej, niż mieszkańcy ościennych krajów. Zaś król panował aż do końca swoich dni.

Weronika roześmiała się.

– Nie wyglądasz wcale na wariatkę – powiedziała.

– Ale nią jestem, choć mnie już ponoć wyleczono. Mój przypadek był prosty. Wystarczyło tylko podać mi dawkę pewnej substancji chemicznej. Mam nadzieję, że ta substancja uwolni mnie tylko od chronicznej depresji, bowiem nadal pragnę być zwariowana i przeżyć swoje życie tak jak mnie się podoba, a nie tak jak się podoba innym. Czy wiesz, co jest tam, za murami Villete?

– Ludzie, którzy napili się z zatrutej studni.

– Właśnie – przytaknęła Zedka. – Uważają się za normalnych, bo wszyscy robią to samo. Zamierzam udawać, że też napiłam się tej wody.

– Ja się jej napiłam i w tym właśnie cały szkopuł. Nigdy nie cierpiałam na depresję, nie przeżywałam wielkich radości ani długotrwałych smutków. Moje kłopoty są takie same jak wszystkich innych.

Przez chwilę Zedka nie odzywała się.

– Powiedzieli nam, że wkrótce umrzesz.

Weronika zawahała się. Czy mogła zaufać obcej kobiecie? Ale koniec końców zaryzykowała.

– Tak, ale dopiero za pięć czy sześć dni. Zastanawiam się czy nie ma sposobu, by umrzeć szybciej. Gdybyś ty, albo ktokolwiek stąd, mógł załatwić mi nowe tabletki, to jestem pewna, że tym razem moje serce nie wytrzymałoby. Zrozum jak cierpię, skazana na śmierć. Pomóż mi.

Nim Zedka zdołała coś powiedzieć, pojawiła się pielęgniarka z napełnioną strzykawką.

– Mogę zrobić zastrzyk sama, albo, jeśli wolisz, poproszę o pomoc pielęgniarzy.

– Nie trać sił na próżno – poradziła Zedka Weronice. – Oszczędzaj je, skoro chcesz dokonać tego, o czym mi mówiłaś.

Weronika podniosła się, wróciła do łóżka i pozwoliła pielęgniarce zrobić to co do niej należało.

Był to jej pierwszy normalny dzień w szpitalu dla wariatów. Wyszła z oddziału, zjadła śniadanie w wielkiej stołówce, gdzie mężczyźni i kobiety jadali razem. Zauważyła, że w przeciwieństwie do tego, co zwykle widać na filmach – zgiełk, krzyki, obłąkańcze gesty – szpital spowijała natrętna cisza, tak jakby tutaj nikt nie chciał z nikim dzielić swego wewnętrznego świata.

Po śniadaniu – całkiem niezłym, zresztą to nie z powodu wyżywienia Villete zyskało sobie złą sławę – wszyscy wyszli zażyć „słonecznej kąpieli", choć nie było słońca, temperatura spadła poniżej zera, a cały park pokryty był grubą warstwą śniegu.

– Nie jestem tu po to, żeby dbać o swoje życie, ale po to, by je stracić – odezwała się Weronika do jednego z pielęgniarzy.

– Mimo to musisz wychodzić na słońce.

– To wy tu jesteście wariatami, przecież nie ma słońca!

— Ale jest światło i ono pomaga uspokoić pacjentów. Niestety, nasza zima jest długa. Gdyby nie to, mielibyśmy mniej pracy.

Nie było sensu dyskutować. Wyszła na powietrze, przeszła parę kroków i rozejrzała się ukradkiem, szukając możliwości ucieczki. Mur był wysoki, jak to zwykle bywa w starych budynkach koszarowych, ale budki wartownicze stały puste. Park otoczony był zabudowaniami wyglądającymi na wojskowe, teraz mieściły się w nich oddziały męski i kobiecy, administracja i część służbowa dla pracowników. Stwierdziła, że jedynym rzeczywiście strzeżonym miejscem było główne wejście, gdzie dwóch strażników sprawdzało dokumenty wchodzącym i wychodzącym.

Z jej głową było chyba wszystko w porządku. Żeby poćwiczyć pamięć usiłowała przypominać sobie drobiazgi: gdzie zostawiała klucz od swego pokoju, jaką płytę kupiła przed paroma dniami, o jaką książkę poproszono ją ostatnio w bibliotece.

– Jestem Zedka – przedstawiła się nadchodząca kobieta.

Minionej nocy Weronika nie zdołała przyjrzeć się jej twarzy, bo kiedy ze sobą rozmawiały, leżała skulona obok łóżka Zedki. Kobieta miała jakieś 35 lat i wyglądała na osobę zupełnie normalną.

– Mam nadzieję, że ten zastrzyk ci nie zaszkodził. Z czasem organizm przyzwyczaja się i środki uspokajające tracą moc.

– Czuję się dobrze.

– Jeśli chodzi o naszą wczorajszą rozmowę i to, o co mnie poprosiłaś... pamiętasz?

– Oczywiście.

Zedka wzięła ją pod rękę i zaczęły spacerować pośród drzew ogołoconych z liści. Zza murów widać było ginące w chmurach szczyty gór.

– Jest chłodno, ale to piękny poranek – odezwała się Zedka. – To zabawne, ale nigdy nie popadałam w depresję w dni takie jak ten, zachmurzone, szare, zimne. Wtedy czułam, że natura współgra ze mną i odzwierciedla moją duszę. Lecz kiedy pokazywało się słońce, kiedy dzieci zaczynały się bawić na podwórkach i wszyscy cieszyli się piękną pogodą, ja czułam się fatalnie. Jakby mnie spotkała jakaś niesprawiedliwość, że nie uczestniczę w tym wszystkim.

Weronika delikatnie uwolniła rękę spod ramienia kobiety. Nie lubiła kontaktów fizycznych.

– Przerwałaś w pół zdania. Mówiłaś o mojej prośbie.

– Istnieje w tym szpitalu pewna grupa osób. Należą do niej mężczyźni i kobiety, którzy mogliby już dawno wyjść stąd do domu, ale z różnych powodów nie chcą. Villete nie jest wcale takie złe, jak o nim mówią, choć, oczywiście, daleko mu do pięciogwiazdkowego hotelu. Tu wszyscy mogą mówić to co myślą, robić to co chcą i nikt ich nie krytykuje, bo przecież są w szpitalu psychiatrycznym. Ale kiedy zjawia się kontrola rządowa, zachowują się tak, jakby ich obłęd był niebezpieczny dla otoczenia, bo część z nich przebywa tu na koszt państwa. Lekarze są tego świadomi, ale wygląda na to, że właściciele wydali odpowiednie rozporządzenia, żeby niczego nie zmieniać, bo w szpitalu jest więcej wolnych miejsc niż chorych.

– Czy myślisz, że ci ludzie mogliby załatwić mi tabletki nasenne?

– Postaraj się nawiązać z nimi kontakt. Nazywają siebie Bractwem.

Zedka pokazała jej kobietę o siwych włosach, żywo o czymś rozprawiającą z innymi, młodszymi od niej.

– Ma na imię Mari i jest z Bractwa. Porozmawiaj z nią.

Weronika ruszyła bez namysłu w stronę Mari, lecz Zedka powstrzymała ją.

– Nie teraz. W tej chwili dobrze się bawi. Nie zrezygnuje z tego, co sprawia jej przyjemność tylko dlatego, by okazać się uprzejmą dla jakiejś nieznajomej. Jeśli ją zrazisz, już nigdy nie będziesz się mogła do niej zbliżyć. Dla wariatów zawsze najważniejsze jest pierwsze wrażenie.

Choć Weronikę rozbawił sposób, w jaki Zedka wymówiła słowo wariaci, to jednak była niespokojna, bo wszystko tutaj wydawało się takie normalne, takie łatwe. Po długich latach spędzonych na chodzeniu z pracy do baru, z baru do łóżka kochanka, z łóżka do swego pokoju, ze swego pokoju do domu matki, nagle znalazła się w środku czegoś, czego nawet by nie wyśniła: szpital psychiatryczny, obłęd, azyl dla dziwaków. Tu ludzie nie wstydzili się przyznać do tego, że są szaleni. Tu nikt nie rezygnował z tego, co sprawiało mu przyjemność tylko dlatego, by wydać się uprzejmym.

Zastanawiała się, czy Zedka mówi serio czy tylko przejęła sposób mówienia wariatów, którzy chcą przekonać wszystkich wokół, że żyją w lepszym świecie. Ale jakie to miało znaczenie? Przeżywała coś ciekawego, odmiennego, nieoczekiwanego. Czy można uwierzyć, że istnieje miejsce, gdzie ludzie udają wariatów, by wolno im było robić to, na co mają ochotę?

Serce Weroniki zabiło mocniej. Przypomniała sobie rozmowę z lekarzem i przestraszyła się.

– Chcę zostać chwilę sama – powiedziała. W końcu też była wariatką i nie musiała nic robić dla czyjejś przyjemności.

Zedka odeszła. Weronika przystanęła i zapatrzyła się na szczyty gór widoczne zza murów Villete. Przemknęła jej przez głowę myśl, że chce jednak żyć, ale stanowczo ją oddaliła.

„Muszę szybko załatwić te tabletki nasenne".

Zastanowiła się nad swoją nienajlepszą sytuacją. Nawet gdyby pozwolono jej na każde szaleństwo, jakie tylko przyjdzie jej do głowy, nie wiedziałaby, co robić.

Bo nigdy nie było w niej szaleństwa.

Po spacerze pacjenci przeszli do stołówki na obiad. Potem pielęgniarze zaprowadzili wszystkich do wielkiej świetlicy, gdzie stały stoły, krzesła, kanapy, pianino i telewizor. Przez szerokie okna widać było szare, zasnute niskimi chmurami niebo. W oknach nie było krat, bo wychodziły na park. Przeszklone drzwi zamknięto z powodu mrozu, ale wystarczyło nacisnąć klamkę, by znów znaleźć się pośród drzew.

Większość osób zasiadła przed telewizorem. Inni patrzyli przed siebie pustym wzrokiem, byli i tacy, którzy rozmawiali sami ze sobą półgłosem – ale któż czasem tego nie robił? Weronika zauważyła, że Mari, najstarsza tutaj, podeszła do grupy osób zebranych w kącie sali. Obok spacerowało kilku chorych i Weronika postanowiła dołączyć do nich, by podsłuchać, o czym rozmawiają.

Starała się to zrobić niepostrzeżenie, ale gdy tylko się zbliżyła, zamilkli i zaczęli się jej bacznie przyglądać.

– Czego chcesz? – zapytał starszy mężczyzna, wyglądający na przywódcę Bractwa – jeśli taka grupa naprawdę istniała, a Zedka nie była bardziej zwariowana, niż się wydawała.

– Nic, tylko spaceruję.

Spojrzeli po sobie i pokiwali głowami jak obłąkańcy. „Ona tylko spaceruje!" – powiedział ktoś do sąsiada. Inny powtórzył to zdanie na głos i wkrótce wszyscy zaczęli je skandować, wrzeszcząc.

Weronika nie wiedziała, co ma zrobić, strach ją sparaliżował. Jeden z pielęgniarzy, patrzący spode łba, podszedł, by wypytać, co się dzieje.

– Nic – odpowiedział ktoś z grupy. – Ona tylko spaceruje. Stanęła tutaj, ale znowu zacznie spacerować!

Wszyscy wybuchnęli śmiechem. Weronika wydęła usta w ironicznym grymasie, uśmiechnęła się, odwróciła na pięcie i odeszła, by nikt nie zobaczył, że oczy ma pełne łez. Wyszła do parku. Jakiś pielęgniarz chciał przekonać ją, by wróciła, ale zaraz zjawił się inny, coś mu szepnął do ucha i obaj zostawili ją w spokoju, na mrozie. Nie warto było troszczyć się o zdrowie dziewczyny i tak skazanej na śmierć.

Czuła się zmieszana, spięta, zła na siebie samą. Nigdy nie dawała się sprowokować. Bardzo wcześnie nauczyła się, że trzeba zachowywać zimną krew i dystans. Jednak tym wariatom udało się ją zawstydzić, zastraszyć, rozwścieczyć, doprowadzić do tego, że miała ochotę ich zabić, dotknąć do żywego słowami, których nigdy wcześniej nie ośmieliłaby się wypowiedzieć.

Może to lekarstwa, jakie jej podano, by wyprowadzić ją ze stanu śpiączki, sprawiły, że stała się wrażliwa i bezbronna. Przecież we wczesnej młodości potrafiła sprostać o wiele gorszym sytu acjom, jednak teraz po raz pierwszy nie potrafiła powstrzymać się od płaczu! Musi stać się znów dawną Weroniką, drwić ze wszystkiego, udawać, że nic nie jest w stanie jej dotknąć, bo ona jest ponad tym wszystkim.

Który z nich odważył się pragnąć śmierci? Kto mógł uczyć ją życia, skoro oni wszyscy pochowali się za murami Villete? O nie, za nic nie poprosi ich o pomoc, nawet gdyby przyszło jej czekać pięć czy sześć dni na śmierć.

„Zresztą jeden już minął. Zostały jeszcze tylko cztery, może pięć".

Przeszła się trochę, pozwalając, by chłodne powietrze ostudziło jej wzburzoną krew i uspokoiło zbyt szybko bijące serce.

„Świetnie, jestem tutaj, moje godziny są policzone, a mimo to przejmuję się słowami ludzi, których nigdy wcześniej nie widziałam i których już wkrótce nie będę oglądać. Cierpię z tego powodu, złoszczę się, chcę atakować i bronić się. Po co tracić na to czas?"

Jednak traciła resztkę danego jej czasu na walkę o swoje terytorium w tym nowym, osobliwym otoczeniu, gdzie trzeba było się bronić, by inni nie narzucili swych reguł gry.

„To niemożliwe. Nigdy taka nie byłam. Nigdy nie walczyłam o głupstwa".

Zatrzymała się pośrodku parku skutego mrozem. Właśnie dlatego, że uważała wszystko za głupstwa, pogodziła się z tym, co niosło jej życie. Jako nastolatka sądziła, że jeszcze zbyt wcześnie, by wybierać. Jako młoda kobieta była przekonana, że już zbyt późno, by cokolwiek zmienić.

I na co dotychczas spożytkowała całą swoją energię? Na usilne starania, by wszystko w jej życiu pozostało bez zmian. Poświęciła większość swych pragnień po to, by rodzice nadal kochali ją tak, jak wtedy, gdy była małym dzieckiem, choć była świadoma, że miłość zmienia się z czasem. Pewnego dnia, gdy matka, szlochając, przyznała się, że jej małżeństwo się rozpadło, Weronika poszła do ojca. Płaczem i groźbami wymusiła na nim obietnicę powrotu do domu, ale nie zdawała sobie sprawy z ceny, jaką obojgu rodzicom przyszło za to zapłacić.

Gdy postanowiła iść do pracy, odrzuciła kuszącą propozycję firmy wchodzącej na młody słoweński rynek i zdecydowała się przyjąć posadę w bibliotece publicznej za marne, ale pewne pieniądze. Pracowała codziennie w tych samych godzinach, pokazując wyraźnie swoim przełożonym, że nie stanowi dla nich żadnego zagrożenia, że jest zadowolona i nie ma zamiaru walczyć, by się piąć w górę, że interesuje ją jedynie pensja regularnie wypłacana pod koniec miesiąca.

Wynajęła pokój w klasztorze, bo zakonnice wymagały, aby lokatorki wracały o określonej godzinie, a potem zamykały bramę na klucz i tym, które przychodziły później pozostawało spać na ulicy. W ten sposób zawsze miała doskonałą wymówkę dla swoich kochanków, by nie spędzać nocy w hotelu albo w cudzym łóżku.

Gdy myślała o małżeństwie, zawsze wyobrażała sobie siebie w małym domku pod Ljubljaną, u boku mężczyzny, który byłby inny od jej ojca, zarabiałby dość, by utrzymać rodzinę i zadowoliłby się siedzeniem w domu przy kominku.

Nauczyła się dawać mężczyznom pewną dozę rozkoszy, ni mniej, ni więcej, tylko tyle, ile konieczne. Nie czuła nic do nikogo, bo gdyby czuła, musiałaby jakoś reagować, walczyć z wrogami, ponosić nieprzewidywalne konsekwencje tych walk, na przykład, że ktoś się zemści.

Gdy osiągnęła już niemal wszystko, czego oczekiwała od życia, doszła do wniosku, że nie ma ono sensu, bo wszystkie dni były takie same. I postanowiła umrzeć.

Wróciła do świetlicy i skierowała się w stronę grupy stojącej w rogu. Zebrani żywo o czymś rozmawiali, ale zamilkli, gdy się zbliżyła.

Podeszła do tego mężczyzny, który wyglądał na przywódcę. Nim ktokolwiek zdołał ją powstrzymać, wymierzyła mu głośny policzek.

– Nie zareagujesz? – zapytała na tyle głośno, żeby wszyscy mogli ją usłyszeć. – Zrobisz coś?

– Nie – mężczyzna dotknął policzka. Z nosa sączyła mu się cienka strużka krwi. – Niedługo już przestaniesz zakłócać nam spokój.

Weronika triumfująco wyszła ze świetlicy

i wróciła na oddział. Zrobiła coś, na co nigdy dotąd się nie poważyła.

Od incydentu z towarzystwem, które Zedka nazywała „Bractwem" minęły trzy dni. Żałowała, że spoliczkowała człowieka nie dlatego, że bała się jego zemsty, ile raczej z lęku, że przez swoje śmiałe poczynania nabierze ochoty do życia. Cierpiałaby tylko niepotrzebnie, bo tak czy owak, miała niebawem opuścić ten świat.

Jedynym rozwiązaniem było odsunąć się od wszystkiego i od wszystkich, postarać się za wszelką cenę być taką jak dawniej i poddać się regulaminowi Villete. Przywykła już do rutyny narzuconej przez ośrodek zdrowia: wczesna pobudka, śniadanie, spacer po parku, obiad, świetlica, znów spacer, kolacja, telewizja i łóżko.

Przed snem zawsze zjawiała się pielęgniarka z lekami. Wszystkim podawała tabletki, tylko jej robiła zastrzyk. Weronika nie protestowała, chciała jedynie wiedzieć, dlaczego dają jej tyle środków uspokajających, skoro nigdy nie miała problemów z zasypianiem. Wyjaśniono jej, że te zastrzyki to nie środek nasenny, lecz lek na serce.

Dni w szpitalu zaczęły być do siebie podobne i mijały szybciej. Za dwa lub trzy nie będzie już musiała myć zębów ani szczotkować włosów. Czuła, jak słabnie jej serce. Nagle traciła oddech, czuła bóle w klatce piersiowej, nie miała apetytu, przy najlżejszym wysiłku kręciło jej się w głowie.

Po kłótni z Bractwem kilkakrotnie zdarzyło jej się pomyśleć: „Gdybym miała wybór, gdybym zrozumiała wcześniej, że wszystkie moje dni są identyczne, bo sama tego chciałam, to może..."

Ale odpowiedź była zawsze jednakowa: „Nie

ma żadnego może, bo nie ma już wyboru". A skoro wszystko było już przesądzone, odzyskiwała wewnętrzny spokój.

W tym okresie silniej związała się z Zedką. Nie była to przyjaźń, bo przyjaźń wymaga czasu. Grały razem w karty, dzięki temu szybciej mijały im dni. Czasami spacerowały po parku w milczeniu.

Tego dnia po śniadaniu, zgodnie z regulaminem, wszyscy mieli wyjść na świeże powietrze. Jednak jeden z pielęgniarzy poprosił Zedkę, by wróciła na oddział, bo był to dzień przeznaczony na jej „leczenie".

– Co to jest to „leczenie"? – spytała Weronika.

– To dawna metoda, stosowana jeszcze w latach sześćdziesiątych, ale lekarze sądzą, że może przyspieszyć powrót do zdrowia. Chcesz zobaczyć?

– Powiedziałaś mi, że cierpisz na depresję. Czy nie wystarczy zażyć lek, aby twój organizm wyprodukował brakującą substancję?

– Czy chcesz zobaczyć? – ponowiła pytanie Zedka.

„To tylko wyrwie mnie z codziennej rutyny" – pomyślała Weronika. Nie wiedziała, po co miałaby oglądać coś nowego, skoro do niczego to już jej nie posłuży, ale ciekawość wzięła górę i kiwnęła potakująco głową.

– To nie żadne widowisko – zaprotestował pielęgniarz.

– Ona wkrótce umrze i niewiele jeszcze widziała. Pozwólcie jej iść ze mną.

Weronika przyglądała się, jak przywiązują do łóżka uśmiechającą się Zedkę.

– Wytłumacz jej, co robicie – poprosiła pielęgniarza. – Inaczej przestraszy się.

Pielęgniarz odwrócił się i pokazał strzykawkę. Zdawał się być zachwycony, że traktują go niby lekarza, który ma objaśniać stażystom właściwe metody leczenia.

– W tej strzykawce znajduje się pewna dawka insuliny – powiedział, nadając swoim słowom ton poważny i fachowy. – Podaje się ją diabetykom, by obniżyć wysoki poziom cukru we krwi. Jeśli jednak poziom cukru jest znacznie podwyższony w stosunku do normy, to jego spadek powoduje śpiączkę.

Lekko pstryknął w igłę, poruszył tłoczkiem, aby usunąć powietrze i wkłuł się w żyłę w prawej stopie Zedki.

– To właśnie zaraz nastąpi. Ta kobieta wejdzie

w stan sprowokowanej śpiączki. Nie przestrasz się, gdy jej oczy znieruchomieją i nie oczekuj, że cię rozpozna, dopóki będzie pod wpływem leku.

– To okropne, nieludzkie! Ludzie walczą, by wyjść ze śpiączki, a nie o to, by w nią wpaść.

– Ludzie walczą, aby żyć, a nie, by popełniać samobójstwa – odparował pielęgniarz, ale Weronika nie dała się sprowokować. – Śpiączka pozwala organizmowi odpocząć, jego funkcje są zredukowane do minimum, znika napięcie.

Mówiąc to, wstrzykiwał płyn. Oczy Zedki powoli traciły swój blask.

– Bądź spokojna – odezwała się do niej Weronika. – Jesteś całkiem normalna, ta historia o królu, którą mi opowiedziałaś...

– Szkoda czasu. Ona już nic nie słyszy.

Kobieta leżąca na łóżku, która jeszcze parę minut temu zdawała się trzeźwo myśleć i była pełna życia, leżała teraz z oczami utkwionymi w jeden punkt, a z jej ust toczyła się piana.

– Co z nią zrobiłeś? – zaczęła krzyczeć na pielęgniarza Weronika.

– Wykonuję swój zawód.

Weronika zaczęła przywoływać Zedkę, wrzeszczeć, straszyć policją, prasą i ligą obrony praw człowieka.

– Uspokój się. Nawet w zakładzie psychiatrycznym trzeba stosować się do pewnych zasad.

Zrozumiała, że ten człowiek mówi poważnie i przestraszyła się. Ale skoro nie miała już nic do stracenia, nie przestała krzyczeć.

Z miejsca, w którym się znajdowała, Zedka widziała oddział, a na nim wszystkie łóżka puste, z wyjątkiem jednego, na którym spoczywało jej własne przywiązane ciało i siedzącą przy nim przerażoną dziewczynę. Ta dziewczyna nie wiedziała, że ciało leżącej kobiety nadal prawidłowo funkcjonowało, tylko jej dusza unosiła się w powietrzu, dotykając niemalże sufitu i doświadczając głębokiego spokoju.

Zedka odbywała podróż astralną, która podczas pierwszego szoku insulinowego była dla niej wielką niespodzianką. Nie powiedziała o tym nikomu. Była tu jedynie po to, by wyleczyć się z depresji i zamierzała opuścić to miejsce raz na zawsze, gdy tylko pozwolą na to okoliczności. Gdyby zaczęła rozpowiadać o tym, że opuszcza swoje ciało, mogliby pomyśleć, że w Villete jeszcze się jej pogorszyło. Jednak, gdy odzyskała przytomność, zaczęła wertować wszystko, co wpadło jej w ręce na temat szoku insulinowego i dziwnego zjawiska unoszenia się w powietrzu.

O metodzie leczenia nie pisano zbyt wiele. Po raz pierwszy zastosowano ją około 1930 roku, ale niebawem zarzucono, bo mogła zaszkodzić pacjentom. Pewnego razu, podczas sesji szokowej, jej astral odwiedził gabinet doktora Igora, w chwili gdy omawiał on tę sprawę z właścicielami zakładu. „To jest zbrodnia!" – mówił. „Ale to metoda najtańsza i najszybsza! – zareplikował jeden z akcjonariuszy. – A zresztą, kogo interesują prawa wariatów? Nikt nie wniesie skargi".

A jednak niektórzy lekarze nadal uznawali tę metodę za szybki sposób leczenia depresji. Zedka zaczęła szukać materiałów i wypożyczyła z biblioteki wszystko, co dotyczyło szoku insulinowego. Szczególnie interesowały ją relacje pacjentów. Pojawiało się w nich zawsze to samo: koszmary i jeszcze raz koszmary, ale nikt nie doświadczył niczego, co przypominałoby jej doznania.

Te relacje przekonały ją, że nie ma żadnego związku między insuliną a odczuciem, że świadomość opuszcza ciało. Wręcz przeciwnie, ten rodzaj leczenia powodował tylko otępienie pacjenta.

Zaczęła więc szukać tekstów o duszy, przejrzała kilka książek okultystycznych, aż pewnego dnia dotarła do obfitej literatury, opisującej dokładnie to, co jej się przydarzało. Nazywano to „podróżą astralną", której jak się okazało, wielu ludzi doświadczyło. Niektórzy z nich zdecydowali się opisać to, co przeżyli, innym udało się nawet rozwinąć techniki pozwalające na sprowokowanie tego osobliwego stanu. Teraz i Zedka znała wszystkie te techniki i posługiwała się nimi co noc, by dostać się tam gdzie chciała.

Opisy tych doświadczeń i wizji były różnorakie, ale we wszystkich powtarzał się dziwny i denerwujący, poprzedzający oddzielenie ducha od ciała szum. Po nim następował szok i raptowna utrata przytomności, i zaraz po tym spokój i radość z unoszenia się w powietrzu na srebrzystej pępowinie, która mogła rozciągać się w nieskończoność, choć jak głosiły legendy, o których czytała, możliwe było jej przerwanie, a to groziło śmiercią.

Jednak jej doświadczenia wykazywały, że mogła oddalać się tak daleko jak chciała, pępowina wciąż była cała. Ogólnie rzecz biorąc, książki te były bardzo przydatne, by lepiej korzystać z podróży astralnych. Dowiedziała się na przykład, że ilekroć zechce przenieść się z jednego miejsca

w drugie, musi tylko *zapragnąć* znaleźć się w przestrzeni, wyobrażając sobie jednocześnie punkt docelowy. W przeciwieństwie do trasy samolotu, który pokonuje określoną odległość między punktem startu i lądowania, by dotrzeć do mety, podróż astralna wiedzie przez tajemne tunele. Wystarczyło wyobrazić sobie miejsce, przebyć tunel z zawrotną szybkością i już pojawiał się upragniony cel.

Również dzięki tym książkom Zedka przestała obawiać się istot spotykanych w przestrzeni. Wprawdzie dziś na oddziale nie było nikogo, ale gdy po raz pierwszy opuściła swoje ciało, napotkała wiele postaci, które przyglądały się jej, wyraźnie rozbawione jej zdumioną miną.

W pierwszym odruchu pomyślała, że są to zmarli, zjawy zamieszkujące to miejsce. Później zdała sobie sprawę, że choć błąkały się tutaj niektóre duchy zmarłych, to byli wśród nich ludzie równie żywi jak ona, którzy także opanowali technikę podróży astralnych, albo tacy, którzy spali głęboko, nie wiedząc nawet o tym, że ich dusza wędrowała swobodnie po świecie.

Dzisiaj miała odbyć ostatnią podróż astralną pod wpływem insuliny, bo była niedawno w gabinecie doktora Igora i dowiedziała się, że gotów jest ją wypisać ze szpitala. Dlatego postanowiła pożegnać się z Villete, bo gdy przekroczy jego próg, już nigdy więcej tu nie wróci, nawet duchem.

Pożegnać się. To było najtrudniejsze. W szpitalu psychiatrycznym człowiek szybko przyzwyczaja się do wolności, jaka panuje w świecie obłędu i nabiera złych przyzwyczajeń. Nie trzeba było tu ponosić za nic odpowiedzialności, ani walczyć o chleb powszedni, ani troszczyć się o niezmiennie takie same nudne sprawy. Za to można było godzinami oglądać jeden obraz lub rysować najbardziej absurdalne wizje. Tu wszystko było wybaczalne: bo to przecież chorzy psychicznie. Jak miała okazję przekonać się na własnej skórze, stan większości pacjentów znacznie się poprawiał, gdy weszli w szpitalne mury. Już nie musieli ukrywać niczego, a w „rodzinnej" atmosferze łatwiej im było zaakceptować własne nerwice czy psychozy.

Na początku Zedka była zafascynowana Villete i nawet miała zamiar przystąpić do Bractwa, gdy już wyzdrowieje. Ale zrozumiała, że jeśli wykaże się odrobiną mądrości, będzie mogła na zewnątrz robić to, co się jej podoba, o ile uda się jej stawić czoła codziennym wyzwaniom. Wystarczy, jak to ktoś powiedział, trzymać szaleństwo na wodzy.

Będzie mogła płakać, niepokoić się, denerwować jak każdy normalny człowiek, pod warunkiem, że nigdy nie zapomni, że tam w górze jej duch zadrwi sobie z tych wszystkich trudności.

Już wkrótce wróci do domu, do dzieci, do męża – to również będzie miało swój urok. Z pewnością niełatwo będzie jej znaleźć pracę, w końcu w tak małym mieście jak Ljubljana plotki krążą szybko i o jej pobycie w Villete musi już wiedzieć sporo osób. Ale mąż zarabia dość, by utrzymać rodzinę, będzie więc mogła w wolnym czasie odbywać swoje podróże astralne bez insuliny.

Jednej jedynej rzeczy nie chciała nigdy już doświadczyć, tej, z powodu której znalazła się w Villete – depresji.

Niektórzy lekarze są zdania, że za stan psychiczny człowieka odpowiada ostatnio odkryta substancja – serotonina. Jej niedobór powoduje zakłócenia w koncentracji, wpływa negatywnie na sen, łaknienie i sprawia, że ludzie nie potrafią cieszyć się życiem. Jej całkowity brak wywołuje rozpacz, poczucie bezużyteczności, pesymizm, niepokój, nadmierne zmęczenie, lęki, trudności z podejmowaniem decyzji, aż w końcu człowiek pogrąża się w nieprzemijającym smutku, prowadzącym do całkowitej apatii, a nawet samobójstwa.

Inni, bardziej konserwatywni lekarze sądzą, że depresję powodują drastyczne zmiany w życiu człowieka, takie jak przeniesienie do innego kraju, utrata kogoś bliskiego, rozwód czy kłopoty zawodowe lub rodzinne. Współczesne badania, przeprowadzone na podstawie obserwacji przypadków klinicznych, dowodzą, że brak światła słonecznego może być jedną z przyczyn depresji.

Jednak w przypadku Zedki powód był prostszy niż wszyscy przypuszczali – był nim mężczyzna z przeszłości. Albo raczej fantazje o mężczyźnie poznanym przed laty.

Cóż za głupota! Depresja, obłęd z powodu mężczyzny, którego adresu nawet dzisiaj nie znała. Zakochała się w nim do szaleństwa jako młoda dziewczyna, bo podobnie jak wszystkie jej rówieśnice musiała poznać smak Miłości Niemożliwej.

Tyle tylko, że w przeciwieństwie do swoich przyjaciółek, które ograniczyły się do marzeń, Zedka postanowiła posunąć się dalej i zdobyć obiekt swej Miłości Niemożliwej. Mieszkał po drugiej stronie oceanu, więc sprzedała wszystko co miała, by go zobaczyć. Był żonaty, ale zaakceptowała rolę kochanki, w skrytości licząc, że pewnego dnia zostanie jej mężem. Nie miał dla niej czasu, ale nie zrażona tym spędzała dnie i noce w podrzędnym hoteliku, czekając na jego rzadkie telefony. Ale choć gotowa była znieść wszystko w imię miłości, związek się rozpadł. Wprawdzie on nigdy jej tego wprost nie powiedział, jednak pewnego dnia zrozumiała, że nie jest już mile widziana i wróciła do Słowenii.

Przez kilka miesięcy jadła byle co, wspominając każde z nim spotkanie, napawając się po tysiąckroć rozkoszą chwil spędzonych razem w łóżku, starając się odkryć jakiś trop, który pozwoliłby jej uwierzyć na nowo w przyszłość tego związku. Przyjaciele niepokoili się o nią, ale coś w głębi serca mówiło jej, że przeżywa stan przejściowy, że swój rozwój człowiek musi okupić wysoką ceną, więc płaciła ją bez skargi. Pewnego ranka obudziła się ogarnięta przemożną chęcią życia, zjadła z apetytem śniadanie i wyszła z domu w poszukiwaniu pracy.

Udało się jej nie tylko zdobyć pracę, ale również zwrócić na siebie uwagę pewnego przystojnego chłopaka, inteligentnego i obleganego przez wiele kobiet. W rok później została jego żoną. Wzbudziła zazdrość i podziw wśród przyjaciółek. Zamieszkała wraz z mężem w przestronnym domu z ogrodem wychodzącym na rzekę przepływającą przez Ljubljanę. Urodziły im się dzieci. Co roku latem wyjeżdżali do Austrii albo do Włoch.

Gdy Słowenia postanowiła odłączyć się od Jugosławii, jej mąż został powołany do wojska. Zedka była Serbką, innymi słowy – „wrogiem". Jej życie legło w gruzach. W ciągu następnych dziesięciu dni napięcia, gdy wojska stały gotowe do starcia i nikt nie wiedział, jakie skutki pociągnie za sobą ogłoszenie suwerenności Słowenii i ile z tego powodu poleje się krwi, Zedka zdała sobie sprawę ze swej miłości do męża. Spędzała całe dnie na modlitwie do Boga, który dotąd wydawał się jej odległy, a teraz stał się jedynym ratunkiem. Przysięgła aniołom i świętym wszystko, byleby tylko jej mąż powrócił żywy.

Tak też się stało. Wrócił, dzieci znów poszły do szkoły, w której mogły uczyć się słoweńskiego, a widmo wojny zawisło nad sąsiednią republiką – Chorwacją.

Minęły trzy lata. Wojna między Jugosławią a Chorwacją przeniosła się na teren Bośni. Zaczęły krążyć doniesienia o masakrach dokonywanych przez Serbów. Zedka uważała za niesprawiedliwe uznanie wszystkich Serbów za kryminalistów z powodu obłędu kilku szaleńców. Jej życie przybrało nieoczekiwany zwrot: zaczęła z dumą i odwagą bronić swego narodu, pisząc do gazet, udzielając wywiadów dla telewizji, organizując konferencje. Wszystko to na niewiele się zdało, bo nikt zdania nie zmienił i nadal uważano, że wszyscy Serbowie są odpowiedzialni za okrucieństwa wojny, ale Zedka miała świadomość, że spełniła swój obowiązek, nie opuszczając swych rodaków w trudnej chwili. Mogła przy tym liczyć na męża Słoweńca, dzieci i ludzi, którzy nie padli ofiarą propagandy obu stron konfliktu.

Pewnego popołudnia, przechodząc obok pomnika Preserena, zaczęła zastanawiać się nad życiem tego wielkiego słoweńskiego poety. Kiedy miał 34 lata wszedł pewnego razu do kościoła, gdzie zobaczył młodziutką dziewczynę, Julię Primic i zakochał się w niej po uszy. Niczym średniowieczni minstrele zaczął pisać dla niej wiersze, z nadzieją, że ją poślubi.

Julia pochodziła jednak z bogatej mieszczańskiej rodziny i prócz tego przypadkowego spotkania w kościele, Preserenowi nie udało się nigdy więcej do niej zbliżyć. Ale właśnie to jedno spotkanie dało mu natchnienie do napisania najlepszych wierszy. Dało też początek jego legendzie. Pomnik poety na małym centralnym placu Ljubljany ma oczy utkwione w jeden punkt. Kto podąży w ślad za jego spojrzeniem, dostrzeże po drugiej stronie placu twarz kobiety wyrzeźbioną na fasadzie jednego z domów. Tam właśnie mieszkała Julia. Preseren nawet po śmierci patrzy na swą Niemożliwą Miłość.

A gdyby bardziej uparcie walczył?

Serce Zedki zadrżało. Być może było to przeczucie jakiegoś nieszczęścia? Może coś złego działo się z dziećmi? Biegiem wróciła do domu – spokojnie oglądały telewizję, wcinając prażoną kukurydzę.

Ale dziwny smutek nie minął. Zedka położyła się i przespała prawie dwanaście godzin, a gdy się obudziła, nie miała wcale ochoty wstać. Historia Preserena przypomniała jej znowu pierwszego kochanka, od którego nie miała żadnych wieści.

I pytała siebie samą: „Czy wystarczająco długo walczyłam? Czy nie powinnam była pogodzić się z rolą kochanki, zamiast upierać się, by sprawy potoczyły się zgodnie z moimi życzeniami? Czy walczyłam o moją pierwszą miłość z równym uporem, z jakim walczyłam o mój naród?"

Zedce udało się przekonać samą siebie, że zrobiła, co mogła, a mimo to smutek nie mijał. To, co zdawało się jej być rajem – dom nad rzeką, mąż, którego kochała, dzieci jedzące prażoną kukurydzę przed telewizorem – z dnia na dzień stało się piekłem.

Dziś, po wielu podróżach astralnych i licznych spotkaniach z umysłami oświeconymi, wiedziała, że wszystko to było czystą głupotą. Miłość Niemożliwa posłużyła jej za pretekst, by zerwać więzy, które trzymały ją przy życiu jakie wiodła, a które było dalekie od tego, czego rzeczywiście pragnęła.

Ale dwanaście miesięcy temu rzuciła się gorączkowo na poszukiwanie utraconego mężczyzny, wydała majątek na rozmowy międzynarodowe, ale on już nie mieszkał w dawnym mieście i nie sposób go było odnaleźć. Wysyłała ekspresem listy, które wracały do niej z napisem „adresat nieznany". Obdzwoniła wszystkich wspólnych znajomych, ale nikt nie miał pojęcia, co się z nim stało.

Mąż nie domyślał się niczego i to doprowadzało ją do szału, bo przecież powinien przynajmniej coś podejrzewać, zrobić jej awanturę, skarżyć się, albo zagrozić, że wyrzuci ją na ulicę. Z czasem doszła do przekonania, że telefonistki międzynarodowe, listonosze i przyjaciółki zostały przez niego przekupione, i że on tylko udawał obojętność. Sprzedała biżuterię otrzymaną w prezencie ślubnym i kupiła bilet, gotowa jechać za ocean, aż ktoś w końcu przekonał ją, że obie Ameryki to ogromny kontynent i nie ma co wybierać się tam, nie wiedząc dokładnie, dokąd.

Pewnego popołudnia położyła się, cierpiąc z miłości tak jak nigdy dotąd nie cierpiała, nawet wtedy, gdy dawno temu powróciła do szarej codzienności Ljubljany. Całą noc i cały dzień spędziła w swoim pokoju. I następny również. Trzeciego dnia mąż wezwał lekarza – o, jakiż był wspaniałomyślny! Ileż troski o nią! Czyżby nie wiedział, że zamierzała spotkać się z innym, zdradzić go, zamienić swoją pozycję kobiety szanowanej na rolę skrywanej kochanki, porzucić na zawsze Ljubljanę, dom i dzieci?

Gdy przyszedł lekarz, dostała ataku szału, zamknęła się w pokoju na klucz i otworzyła drzwi dopiero po jego wyjściu. Tydzień później nie chciało się jej już wstawać, by wyjść do łazienki i zaczęła załatwiać swoje potrzeby fizjologiczne w łóżku. Przestała myśleć racjonalnie, w głowie miała jedynie skrawki wspomnień o mężczyźnie, który – była tego pewna – równie bezskutecznie jej poszukiwał.

Mąż, nieznośnie szlachetny, zmieniał prześcieradła, głaskał ją po głowie, zapewniał, że wszystko dobrze się skończy. Dzieci nie wchodziły do jej pokoju od czasu, gdy – bez żadnego powodu – spoliczkowała jedno z nich, a potem uklękła i zaczęła całować jego stopy, błagając o przebaczenie, drąc na strzępy koszulę, by wyrazić swą rozpacz i skruchę.

Po upływie następnego tygodnia – w którym zaczęła wypluwać podawane jej pożywienie, traciła i odzyskiwała kontakt z rzeczywistością, spędzała bezsennie całe noce i przesypiała całe dnie – do jej pokoju weszło bez pukania dwóch mężczyzn. Jeden przytrzymał ją, drugi zaaplikował zastrzyk i obudziła się w Villete.

„To depresja" – powiedział lekarz do męża. – Czasem powód bywa banalny, jak na przykład „brak substancji chemicznej, serotoniny, w organizmie".

Spod sufitu Zedka zobaczyła pielęgniarza ze strzykawką w ręku. Dziewczyna wciąż siedziała w tym samym miejscu, próbując rozmawiać z jej ciałem, przerażona jej pustym wzrokiem. Przez chwilę Zedka miała ochotę opowiedzieć Weronice wszystko, co przeżyła, ale zmieniła zdanie, bo do ludzi nigdy nie trafia, co im się mówi, muszą odkrywać to sami.

Pielęgniarz wbił igłę w jej ramię i wstrzyknął glukozę. Dusza Zedki, niczym szarpnięta silnym ramieniem, oderwała się od sufitu, z ogromną prędkością przemierzyła czarny tunel i powróciła do ciała.

– Witaj, Weroniko.

Dziewczyna wyglądała na przerażoną.

– Dobrze się czujesz?

– Tak. Na szczęście po raz kolejny udało mi się wyjść cało, ale był to już ostatni z serii tych niebezpiecznych zabiegów.

– Skąd wiesz? Tu nie liczą się z nikim.

Zedka wiedziała, bo jej astral przeniósł się do gabinetu doktora Igora.

– Wiem, ale nie potrafię wytłumaczyć. Czy pamiętasz pierwsze pytanie jakie mi zadałaś?

– Co znaczy być szalonym?

– Właśnie. Tym razem odpowiem ci wprost: szaleństwo to niemożność przekazania swoich myśli. Trochę tak, jakbyś znalazła się w obcym kraju – widzisz wszystko, pojmujesz, co się wokół ciebie dzieje, ale nie potrafisz się porozumieć i uzyskać znikąd pomocy, bo nie mówisz językiem tubylców.

– Każdy z nas czuł to kiedyś.

– Bo wszyscy, w taki czy w inny sposób, jesteśmy szaleni.

Przez zakratowane okno widać było niebo usiane gwiazdami. Nad górami wschodził ogromniejący księżyc. Poeci zawsze lubili księżyc w pełni, poświęcali mu tysiące wierszy, ale Weronikę fascynował księżyc w pierwszej kwadrze, bo mógł wciąż jeszcze powiększać się, napełnić światłem całą swoją powierzchnię, zanim zacznie powoli znikać.

Miała ochotę zasiąść w świetlicy do pianina i uczcić tę noc piękną sonatą, której nauczyła się jeszcze w szkole. Gdy patrzyła w niebo za oknem, przepełniało ją nieopisane poczucie błogości, tak jakby nieskończoność wszechświata objawiała zarazem swoją wieczność. Ale od jej marzenia oddzielały ją stalowe drzwi i kobieta, która bez przerwy czytała. Poza tym nikt nie gra na pianinie o tak późnej porze, obudziłby wszystkich dookoła.

Weronika uśmiechnęła się. Wszystkich, to znaczy sale szpitalne wypchane wariatami i wariatów napchanych środkami nasennymi.

Wciąż odczuwała błogość. Wstała i podeszła do łóżka śpiącej głęboko, być może odzyskującej siły po strasznych przejściach minionego dnia, Zedki.

– Proszę wrócić do łóżka – zwróciła jej uwagę pielęgniarka. – Grzeczne dziewczynki o tej porze śnią o aniołkach albo o narzeczonych.

– Proszę mnie nie traktować jak dziecko. Nie jestem łagodną wariatką, która wszystkiego się boi. Jestem szalona, miewam ataki histerii, nie liczę się ani ze swoim ani niczyim życiem. A dziś coś mnie napadło. Popatrzyłam na księżyc i muszę z kimś porozmawiać.

Pielęgniarka zmierzyła ją wzrokiem, zaskoczona jej reakcją.

– Pani się mnie boi? – nalegała Weronika. – Od śmierci dzieli mnie zaledwie jeden lub dwa dni, co mam do stracenia?

– Dlaczego nie przejdziesz się trochę, dziewczyno, a mnie nie pozwolisz skończyć książki?

– Bo tu jest więzienie, a pilnująca go dozorczyni udaje, że czyta książkę po to, by pokazać innym, że jest inteligentną kobietą. A tak naprawdę nasłuchuje odgłosów dochodzących z oddziału i strzeże niczym skarbu kluczy do drzwi. Pewnie tego chce regulamin, a ona go przestrzega, bo może pokazać swoją władzę, której nie ma w swoim domowym życiu wobec męża i dzieci.

Weronika drżała, nie wiedząc dokładnie, dlaczego.

– Klucze? – zapytała pielęgniarka. – Drzwi są zawsze otwarte. Czy wyobrażasz sobie, że mogłabym tu siedzieć zamknięta z bandą umysłowo chorych?

„Jak to drzwi są zawsze otwarte? Kilka dni temu chciałam stąd wyjść i ta kobieta poszła za mną aż do ubikacji. Co ona wygaduje?”

– Nie bierz tego na poważnie – ciągnęła pielęgniarka. – Rzeczywiście kontrola nie jest tu wcale potrzebna, bo podajemy środki nasenne. Ależ ty trzęsiesz się z zimna!

– Nie wiem. Myślę, że to raczej z powodu serca.

– Jeśli chcesz, idź się przejść.

– Tak naprawdę to chciałabym pograć na pianinie.

– Świetlica jest dobrze odizolowana. Twoje granie nikomu nie będzie przeszkadzać. Graj, jeśli masz na to ochotę.

Drżenie Weroniki zamieniło się w ciche, nieśmiałe i wstrzymywane łkanie. Uklękła, położyła głowę na kolanach kobiety i wybuchnęła nieprzerwanym płaczem.

Pielęgniarka odłożyła książkę i zaczęła głaskać dziewczynę po głowie, czekając aż fala smutku minie. Tak trwały prawie pół godziny: jedna płakała, nie wyjaśniając przyczyny, druga pocieszała ją, nie wiedząc, o co chodzi.

W końcu łkanie ucichło. Pielęgniarka podniosła ją, wzięła pod ramię i zaprowadziła do drzwi.

– Mam córkę w twoim wieku. Gdy cię tu przywieźli, z kroplówką i tymi rurkami, zastanawiałam się dlaczego taka ładna, młoda dziewczyna, która ma całe życie przed sobą, postanowiła się zabić. Potem zaczęły krążyć plotki: najpierw o liście, który zostawiłaś, ale nigdy nie uwierzyłam, że był to prawdziwy powód, potem o tym, że twoje dni są policzone z powodu nieuleczalnej choroby serca. Ciągle miałam przed oczami obraz mojej córki. A gdyby tak ona postanowiła zrobić coś takiego? Dlaczego niektórzy próbują iść pod prąd naturalnego porządku świata, to znaczy walki o przeżycie za wszelką cenę?

– Dlatego właśnie płakałam – powiedziała Weronika. – Kiedy połykałam nasenne tabletki, chciałam zabić kogoś, kogo nienawidziłam. Nie wiedziałam, że żyją we mnie inne Weroniki, które umiałabym pokochać.

– Co sprawia, że człowiek zaczyna nienawidzić sam siebie?

– Może tchórzostwo. Albo nieodłączny strach przed popełnianiem błędów, przed robieniem nie tego, czego inni oczekują. Dopiero co byłam beztroska, zapomniałam o moim wyroku śmierci, ale gdy znów uświadomiłam sobie moją sytuację, przestraszyłam się.

Pielęgniarka otworzyła drzwi i Weronika wyszła.

„Nie powinna była mnie o to wypytywać. Czego chce? Zrozumieć, dlaczego płakałam? Czy nie widzi, że jestem całkiem normalna, że mam te same pragnienia i lęki co wszyscy, i że tego typu pytania – zwłaszcza teraz, kiedy na wszystko jest już za późno – wywołują we mnie panikę?"

Idąc korytarzami, tak samo słabo oświetlonymi jak oddział, zrozumiała, że naprawdę jest już na wszystko za późno i zaczęła się bać.

„Muszę nad sobą zapanować. Jestem z tych, którzy konsekwentnie robią to, co postanowią".

Była to prawda. Konsekwentnie doprowadziła do końca wiele spraw w swoim życiu, tyle że nie były to sprawy istotne. Zdarzało się, że nie chciała pogodzić się z kimś, z kim pokłóciła się o drobiazg, albo przestawała dzwonić do mężczyzny, w którym była zakochana, bo dochodziła do wniosku, że związek z nim nie ma sensu. Była bezkompromisowa w tym, co najprostsze – chciała udowodnić sobie, że jest silna i obojętna, choć tak naprawdę była słaba, nigdy nie zdołała wybić się w nauce czy w sporcie, nie potrafiła utrzymać harmonii w swojej rodzinie.

Udawało jej się przezwyciężać swoje małe słabości, ale poniosła klęskę w sprawach ważnych. Roztaczała wokół aurę kobiety niezależnej, choć rozpaczliwie potrzebowała kogoś obok siebie. Bywała w różnych miejscach, gdzie zwracała na siebie uwagę, ale noce z reguły spędzała samotnie w klasztorze, patrząc w rozregulowany telewizor. W oczach przyjaciół uchodziła za wzór godny naśladowania, traciła większość swojej energii, usiłując być zawsze na miarę takiego obrazu siebie, jaki sama stworzyła.

Z tego właśnie powodu nie miała już dość siły, by być sobą – dziewczyną, która tak jak wszyscy ludzie na świecie, potrzebowała do szczęścia innych. Ale tych innych było tak trudno zrozumieć! Reagowali w sposób nieprzewidywalny, chowali się za murami obronnymi i jak ona okazywali obojętność wobec wszystkiego. Gdy pojawiał się ktoś bardziej otwarty na życie, albo natychmiast go odrzucali, albo skazywali na cierpienie, uznając za gorszego i „naiwnego".

Zgoda. Może swoją siłą i determinacją wywarła wrażenie na wielu, ale dokąd dotarła? Do pustki. Do całkowitej samotności. Do Villete. Do przedsionka śmierci.

Wyrzuty sumienia z powodu próby samobójstwa powróciły i znowu stanowczo je od siebie odsunęła, bo teraz odczuwała coś, na co nigdy wcześniej sobie nie pozwalała: nienawiść.

Nienawiść. Mogła dotknąć tej niszczycielskiej energii, która emanowała z jej ciała – niemal równie fizycznej jak ściany, pianino czy pielęgniarki. Pozwoliła, nie zważając, czy było to dobre czy złe, by to uczucie ujrzało światło dzienne. Miała dość samokontroli, masek, układności. Teraz chciała przeżyć swoje ostatnie dwa czy trzy dni jak najbardziej nieukładnie.

Zaczęło się od policzka, który wymierzyła człowiekowi starszemu od niej, zaatakowała pielęgniarza, nie starała się przymilać do nikogo, ani rozmawiać, kiedy czuła, że pragnie samotności, a dziś była na tyle wolna, by pozwolić sobie na nienawiść i dość rozsądna, by nie zacząć rozbijać wszystkiego wokół siebie, bo nie zamierzała spędzić końcówki swego życia w szpitalnym łóżku, otumaniona środkami uspokajającymi.

W tej chwili nienawidziła wszystkiego, co się dało. Siebie samej, świata, krzesła na swojej drodze, zepsutego kaloryfera w korytarzu, ludzi wspaniałych i kryminalistów. Była zamknięta w szpitalu psychiatrycznym i mogła odczuwać to, co zazwyczaj ludzie ukrywają przed sobą, bo wszyscy zostaliśmy wychowani tak, by tylko kochać, akceptować, znajdować rozwiązania, unikać konfliktów. Weronika nienawidziła wszystkiego, ale przede wszystkim sposobu, w jaki żyła, nie widząc nigdy setek innych Weronik, które w niej mieszkały, które były fascynujące, szalone, ciekawe świata, odważne, gotowe na ryzyko.

W pewnym momencie poczuła nawet nienawiść do osoby, którą kochała najbardziej na świecie, do swojej matki. Do tej wspaniałej kobiety, która w dzień pracowała, a w nocy zmywała naczynia, poświęcając swoje życie, by wykształcić córkę, zapewnić jej naukę gry na fortepianie i na skrzypcach, ubrać ją jak księżniczkę, kupując markowe buty i spodnie, podczas gdy sama latami nosiła przerabianą, starą sukienkę.

„Jak mogę nienawidzić kogoś, kto dał mi samą miłość?" – pomyślała zawstydzona, ale za późno, bo nienawiść przedarła się już na wolność, bo już otworzyła drzwi własnego piekła. Nienawidzić miłości, którą ją obdarowano, nie żądając niczego w zamian, to przecież było absurdalne i wbrew prawom natury.

Ale to właśnie tej bezinteresownej miłości udało się przepełnić Weronikę poczuciem winy i tchnąć w nią potrzebę, by sprostać jej oczekiwaniom, nawet jeżeli miało to za sobą pociągnąć rezygnację ze wszystkich marzeń. Ta właśnie miłość przez lata starała się ukryć przed nią wyzwania losu i zepsucie świata, nie zważając, że kiedy pewnego dnia Weronika zda sobie z nich sprawę, nie będzie miała żadnej broni, by stawić im czoła.

A jej ojciec? Ojca również nienawidziła. Bo w przeciwieństwie do matki, która pracowała bez wytchnienia, on korzystał z życia, zabierał ją do barów i do teatru. Bawili się świetnie razem, gdy była nastolatką kochała go skrycie, tak jak kocha się mężczyznę, nie ojca. Nienawidziła go, bo był zawsze taki czarujący, taki ciepły dla wszystkich, tylko nie dla matki, jedynej kobiety, której naprawdę się to należało.

Nienawidziła wszystkiego. Biblioteki ze stertą książek pełnych recept na życie, szkoły, w której całe noce traciła na naukę algebry, chociaż nie znała nikogo – prócz nauczycieli przedmiotu i matematyków – komu algebra byłaby potrzebna do szczęścia. Dlaczego zmuszano ją, by tyle uczyła się algebry, geometrii i całej tej masy całkowicie nikomu niepotrzebnych rzeczy?

Weronika pchnęła drzwi świetlicy, podeszła do pianina i otworzyła je. Z całej siły uderzyła w klawisze. Szalony chaotyczny, akord rozległ się echem w pustym pomieszczeniu, odbił się od ścian i powrócił do jej uszu jako bolesny, niemal rozdzierający duszę hałas. Ale w tej chwili właśnie ten dźwięk najlepiej odzwierciedlał jej nastrój.

Zaczęła uderzać w klawisze i znów na wszystkie strony rozbrzmiały bezładne dźwięki.

„Jestem szalona. Mogę to robić. Mogę nienawidzić i mogę walić jak opętana w pianino. Od kiedy to chorzy umysłowo umieją harmonijnie łączyć dźwięki?"

Uderzyła w pianino raz i drugi, dziesiąty i dwudziesty, a za każdym uderzeniem jej nienawiść malała, aż w końcu znikła zupełnie.

Ogarnął ją głęboki spokój. Znów spojrzała na niebo pełne gwiazd, na księżyc w pierwszej kwadrze, jej ulubiony, wypełniający świetlicę bladym światłem. Powróciło poczucie, że Nieskończoność i Wieczność podały sobie ręce i wystarczyło zadumać się nad jedną z nich, nad Wszechświatem bez granic, by odczuć obecność drugiej – Czasu, który nigdy się nie kończy, który nie mija, lecz zastyga w Teraźniejszości, w której drzemią wszelkie sekrety życia. Zanim doszła z oddziału do świetlicy pozwoliła sobie na nienawiść intensywną, silną, bez najmniejszych wyrzutów sumienia. Pozwoliła by negatywne, tłamszone w duszy przez lata uczucia, wypłynęły w końcu na powierzchnię. Teraz, kiedy je *odczuła*, były już zbędne, mogły zniknąć.

Zastygła w ciszy, żyjąc chwilą teraźniejszą, pozwalając, by miłość wypełniła przestrzeń opuszczoną przez nienawiść. A gdy ją poczuła, zwróciła się ku księżycowi i zagrała na jego cześć sonatę, w przeświadczeniu, że księżyc jej słucha, jest dumny a gwiazdy mu zazdroszczą. Dlatego zagrała też dla gwiazd, dla parku i dla gór niewidocznych w mroku, ale których obecność wyczuwała.

W połowie drugiego utworu zjawił się wariat – Edward, nieuleczalny schizofrenik. Nie przestraszyła się, wręcz przeciwnie, uśmiechnęła się do niego i ku swemu zdumieniu zobaczyła, że odwzajemnia jej uśmiech.

Również do jego odległego świata, odleglejszego niż księżyc, przedarła się muzyka i sprawiła cud.

„Muszę kupić nowe etui na klucze" – pomyślał doktor Igor, otwierając drzwi swego małego gabinetu, mieszczącego się w szpitalu Villete. Stare całkiem już się rozpadło, a mała metalowa ozdoba właśnie potoczyła się po podłodze.

Doktor Igor pochylił się, by ją podnieść. Co zrobić z tym kawałkiem metalu przedstawiającym herb Ljubljany? Byłoby najlepiej go wyrzucić. Mógłby też oddać go do naprawy. Albo podarować herb wnuczkowi, żeby się nim bawił. Te ewentualności wydały mu się absurdalne. Etui do kluczy to nie jakieś wielkie pieniądze, a wnuczka nie obchodzą żadne herby, spędza cały czas przed telewizorem, albo grając w gry komputerowe sprowadzane z Włoch. Mimo to nie wyrzucił etui, wsadził je do kieszeni, aby zadecydować później, co z nim zrobi.

To właśnie z tego powodu, że tak długo zastanawiał się, zanim podjął jakąkolwiek decyzję, był dyrektorem azylu psychiatrycznego, a nie jednym z jego pacjentów.

Zapalił światło, bo wraz z nadejściem zimy rozwidniało się coraz później. Brak światła, podobnie jak przeprowadzki czy rozwody, był jednym z głównych przyczyn wzrostu przypadków depresji. Doktor Igor pragnął gorąco, aby wiosna nadeszła szybko i rozwiązała połowę jego problemów.

Zajrzał do kalendarza. Tego dnia powinien był przedsięwziąć jakieś środki, by zapobiec śmierci głodowej Edwarda – jego przypadek schizofrenii był całkowicie nieprzewidywalny, a teraz na dodatek, chłopak zupełnie odmawiał jedzenia. Doktor Igor przepisał mu już co prawda odżywianie dożylne, ale nie mogło to trwać wiecznie. Edward miał 28 lat, był potężnie zbudowany, ale mimo kroplówek chudł, w końcu zacznie wyglądać jak szkielet.

Jak zareaguje na to jego ojciec, jeden z najsłynniejszych ambasadorów młodej republiki słoweńskiej, ów mistrz subtelnych negocjacji z Jugosławią w początkach lat dziewięćdziesiątych? Człowiek ten przez całe lata pracował dla Belgradu, przetrzymał ataki swych oszczerców, którzy oskarżali go o służbę dla wroga, i nadal wchodził w skład korpusu dyplomatycznego, tyle tylko, że teraz reprezentował inny kraj. Była to postać potężna i wpływowa – wszyscy się go bali.

Te myśli zaprzątały doktora Igora przez chwilę, tak jak niedawno sprawa etui na klucze, ale wkrótce odsunął je od siebie. Ambasadorowi było wszystko jedno, jak wygląda jego syn, i tak nie zamierzał pokazywać się z nim na oficjalnych przyjęciach ani zabrać ze sobą tam, gdzie zostanie mianowany przedstawicielem rządu. Edward przebywał w Villete i zostanie tu na zawsze, albo tak długo, jak długo jego ojciec zarabiać będzie zawrotne sumy.

Doktor Igor zdecydował, że odstawi odżywianie dożylne i pozwoli, by Edward schudł na tyle, by sam poczuł głód i zaczął jeść. Jeśli sytuacja ulegnie pogorszeniu napisze sprawozdanie i zrzuci odpowiedzialność na radę lekarzy zarządzających Villete. „Jeśli nie chcesz wpaść w tarapaty, podziel się równo odpowiedzialnością z innymi" – tego uczył go ojciec, też lekarz, który miał na sumieniu parę ludzkich istnień, za to żadnego problemu z władzami.

Zaordynowawszy przerwanie odżywiania dożylnego u Edwarda, doktor Igor zajął się następnym przypadkiem. Ze sprawozdania wynikało, że pacjentka Zedka Mendel zakończyła już swoją kurację i może zostać wypisana. Doktor Igor chciał to sprawdzić osobiście, bo w końcu nie ma nic gorszego niż pretensje rodzin pacjentów leczonych w Villete. Zdarzało się to dość często, bo po pobycie w szpitalu dla psychicznie chorych pacjenci rzadko potrafili przystosować się na nowo do normalnego życia.

I to nie szpital był winien. Ani ten, ani żaden inny, z rozsianych – Bóg wie gdzie – po całym świecie, bo problem ponownego przystosowania pacjentów był wszędzie taki sam. Tak jak więzienie, które nie resocjalizuje więźnia, lecz uczy go jedynie jak popełniać następne zbrodnie, tak samo szpitale psychiatryczne sprawiają, że chorzy przyzwyczajają się do życia w całkowicie nierealnym świecie, gdzie wszystko jest dozwolone i nikt nie odpowiada za własne czyny.

Tak więc pozostawało tylko jedno wyjście – odkrycie sposobu leczenia obłędu. I doktor Igor był tym bez reszty pochłonięty. Pracował nad tezą, która miała zrewolucjonizować współczesną psychiatrię. Lekko chorzy, przebywający w szpitalach z nieuleczalnie chorymi, zaczynali się degenerować społecznie. Na dłuższą metę, nie sposób było tego procesu powstrzymać. Zedka Mendel wróci niebawem, tym razem z własnej woli, uskarżając się na nieistniejące dolegliwości, tylko po to, by znaleźć się w otoczeniu ludzi, o których myśli, że rozumieją ją lepiej, niż ci na zewnątrz szpitala.

Jednak jeśli udałoby mu się odkryć sposób walki z Vitriolem – według doktora Igora trucizną odpowiedzialną za obłęd – jego imię wejdzie na zawsze do historii, a Słowenia zaistnieje ostatecznie na mapie. Właśnie w tym tygodniu spadła mu z nieba szansa w osobie niedoszłej samobójczyni. I za żadne skarby nie zamierzał przepuścić tej nadarzającej się okazji.

Doktor Igor był zadowolony. Choć z powodów finansowych ciągle zmuszony był praktykować sposoby leczenia dawno już potępione przez medycynę, jak choćby szok insulinowy, to również z tych samych powodów w Villete mógł stosować nowe metody leczenia. Nie tylko miał czas i dane do badań nad Vitriolem, nadal mógł liczyć na poparcie właścicieli w sprawie pobytu w szpitalu grupy zwanej „Bractwem". Akcjonariusze zgodzili się tolerować – ale jedynie tolerować – ich pobyt w szpitalu dłużej, niż to było konieczne. Argumentowali, że ze względów humanitarnych trzeba świeżo wyleczonemu człowiekowi dać możliwość decydowania o tym, kiedy zechce powrócić do życia w społeczeństwie. Dzięki temu pewna grupa osób postanowiła pozostać w Villete, niczym w jakimś szczególnym hotelu czy klubie, jednoczącym ludzi o wspólnych celach. Tak oto doktorowi Igorowi udało się zatrzymać pod jednym dachem chorych i zdrowych, sprawiając, że ci drudzy mogli pozytywnie wpływać na pierwszych. Aby uniknąć efektu odwrotnego, przyjęto zasadę nakazującą członkom Bractwa wychodzenie ze szpitala przynajmniej raz dziennie.

Doktor Igor zdawał sobie sprawę, że przytaczane przez akcjonariuszy „względy humanitarne" były zwykłą przykrywką. W istocie obawiali się, że w Ljubljanie, małej i uroczej stolicy Słowenii, zabraknie bogatych wariatów, utrzymujących całą drogą i nowoczesną instytucję, jaką była Villete.

Gdy akcjonariusze przekształcili dawne koszary w zakład psychiatryczny, liczyli na ofiary wojny z Jugosławią, jako na potencjalnych pacjentów, tylko wbrew ich nadziejom, ta wojna trwała za krótko.

Poza tym okazało się – co wykazały najświeższe badania – że wojny w wiele mniejszym stopniu stają się przyczyną obłędu, niż napięcie, nuda, choroby dziedziczne, samotność, czy odrzucenie. Gdy trzeba było stawić czoła poważnemu problemowi, takiemu jak wojna, hiperinflacja czy zaraza, odnotowywano wprawdzie niewielki wzrost samobójstw, ale także drastyczny spadek przypadków depresji, paranoi i nerwic. Wskaźniki wracały do zwykłego poziomu, gdy problemy znikały, co, zdaniem doktora Igora, wskazywało na to, iż człowiek pozwala sobie na luksus szaleństwa tylko wtedy, gdy ma po temu warunki.

Miał przed sobą wyniki ostatnich badań przeprowadzonych w Kanadzie, państwie uznanym przez jedno z amerykańskich czasopism za kraj o najwyższym poziomie życia:

Według Statistics Canada *na różnego typu choroby umysłowe cierpiało dotąd:*

40% osób między 15 a 34 rokiem życia;
33% osób między 35 a 54 rokiem życia;
20% osób między 55 a 64 rokiem życia.

Szacuje się, że jedna osoba na pięć choruje na jakiegoś rodzaju dolegliwość psychiczną.

Jeden Kanadyjczyk na ośmiu trafia do szpitala na skutek zaburzeń psychicznych przynajmniej raz w ciągu życia.

„Wspaniały rynek, lepszy od naszego – pomyślał. – Im szczęśliwsi mogą być ludzie, tym bardziej nieszczęśliwymi się stają”.

Doktor Igor przestudiował jeszcze kilka przypadków, szczegółowo rozważając, które powinien przedstawić Radzie Nadzorczej, a które rozwiązać sam. Gdy skończył, było już całkiem jasno, mógł więc zgasić światło.

Wkrótce potem weszła pierwsza osoba oczekująca na wizytę – matka pacjentki, która usiłowała popełnić samobójstwo.

– Jestem matką Weroniki. Jaki jest stan mojej córki?

Doktor Igor rozważał przez ułamek sekundy, czy ma powiedzieć jej prawdę i zaoszczędzić niepotrzebnych niespodzianek – w końcu sam miał córkę o tym samym imieniu – jednak postanowił, że lepiej będzie milczeć.

– Jeszcze nie wiemy – skłamał. – To okaże się dopiero za tydzień.

– Nie mam pojęcia, dlaczego Weronika to zrobiła – mówiła szlochając siedząca przed nim kobieta. – Jesteśmy troskliwymi rodzicami, staraliśmy się kosztem wielu poświęceń zapewnić jej jak najlepsze wykształcenie. Nawet jeśli mieliśmy drobne problemy małżeńskie, pozostaliśmy zwartą rodziną, dając przykład wytrwałości wobec przeciwności losu. Weronika ma dobrą pracę, nie jest brzydka, a mimo to...

– ...a mimo to próbowała się zabić – przerwał jej doktor Igor. – Niech pani się nie dziwi, tak właśnie bywa. Ludzie nie są w stanie pojąć, co to jest szczęście. Jeśli pani sobie życzy, mogę pani pokazać ostatnie kanadyjskie statystyki.

– Kanadyjskie?

Kobieta spojrzała na niego ze zdziwieniem. Doktor Igor zauważył, że udało mu się zbić ją z tropu i ciągnął dalej.

– Droga pani, przyszła tu pani nie po to, aby dowiedzieć się o stan zdrowia swojej córki, ale po to, by wytłumaczyć się z jej próby samobójstwa. Ile ona ma lat?

– Dwadzieścia cztery.

– A zatem jest dorosłą kobietą, która już coś

przeżyła, wie czego chce i potrafi dokonywać wyborów. Co to ma wspólnego z pani małżeństwem albo z wyrzeczeniami pani czy pani męża? Od jak dawna pani córka mieszka sama?

– Od sześciu lat.

– Widzi pani? Niezależna aż do bólu. A mimo to, ponieważ austriacki lekarz, Zygmunt Freud (jestem pewien, że słyszała pani o nim), pisał o chorych związkach między rodzicami i dziećmi, do dziś wszyscy się obwiniają o wszystko. Czy Indianie sądzą, że syn, który stał się zabójcą, jest ofiarą złego wychowania swoich rodziców? Niech mi pani powie.

– Nie mam pojęcia – odpowiedziała kobieta, coraz bardziej zadziwiona zachowaniem lekarza. Być może zaraził się od swoich pacjentów.

– Więc ja pani odpowiem – podjął doktor Igor. – Indianie sądzą, że winien jest zabójca, a nie społeczeństwo, czy rodzice, albo przodkowie. Czy Japończycy popełniają samobójstwo, bo ich dziecko bierze narkotyki i wyszło na ulicę strzelać do ludzi? Odpowiedź znów brzmi tak samo: Nie! I proszę zauważyć, Japończycy, z tego co wiem, popełniają samobójstwa z byle powodu. Nie tak dawno temu przeczytałem gdzieś, że jakiś młodzieniec zabił się, bo nie zdał egzaminu wstępnego na uczelnię.

– Czy mogłabym porozmawiać z moją córką? – zapytała kobieta, której wcale nie obchodzili ani Japończycy, ani Indianie, ani Kanadyjczycy.

– Zaraz, zaraz – odpowiedział doktor, lekko poirytowany tym, że mu przerwano. – Przedtem chciałbym, aby pani zrozumiała, że poza pewnymi przypadkami patologicznymi, ludzi ogarnia obłęd wtedy, gdy próbują przełamać rutynę. Pojęła pani?

– Pojęłam bardzo dobrze – odpowiedziała. – I jeśli sądzi pan, że nie będę w stanie się o nią zatroszczyć, to może pan być spokojny. Nigdy nie próbowałam przełamywać rutyny.

– Jak to dobrze – na twarzy doktora Igora widać było ulgę. – Czy kiedykolwiek wyobrażała sobie pani świat, w którym nie bylibyśmy zmuszeni powtarzać co dzień tych samych czynności? Jeśli przyszłoby nam do głowy jeść tylko wtedy, gdy jesteśmy głodni, jak miałyby się panie domu i restauracje?

„Byłoby normalniej, gdybyśmy jedli tylko wtedy, gdy jesteśmy głodni" – pomyślała kobieta, ale przemilczała z obawy, że zabronią jej widzenia się z córką.

– Wywołałoby to wielkie zamieszanie – powiedziała głośno. – Sama prowadzę dom i dobrze wiem, co to znaczy.

– A zatem jemy śniadania, obiady i kolacje. Musimy budzić się codziennie o określonej godzinie i odpoczywać raz w tygodniu. Na Boże Narodzenie daje się prezenty, a na Wielkanoc spędza trzy dni nad jeziorem. Czy dobrze by się pani czuła, gdyby mąż, w nagłym przypływie pożądania, zaczął się z panią kochać w salonie?

„O czym ten człowiek mówi? Przyszłam tu, żeby zobaczyć się z córką!"

– Zasmuciłoby mnie to – odparła ostrożnie, mając nadzieję, że trafiła.

– Bardzo dobrze – wykrzyknął doktor Igor. – Właściwym miejscem na uprawianie miłości jest łóżko. Gdyby było inaczej, dawalibyśmy zły przykład i sialibyśmy anarchię.

– Czy mogę zobaczyć córkę? – powiedziała, chcąc przerwać rozmowę.

Doktor Igor poddał się. Ta prostaczka nigdy nie zrozumie tego, o czym on mówi. Nie obchodziły jej rozważania nad obłędem z filozoficznego punktu widzenia – mimo że wie, iż córka targnęła się na swoje życie po to, by zaczęto się z nią liczyć i dlatego znalazła się w stanie śpiączki.

Zadzwonił na sekretarkę.

– Proszę wezwać samobójczynię – powiedział. – Tę co napisała list do czasopisma, tłumacząc, że chciała się zabić, by pokazać, gdzie leży Słowenia.

– Nie chcę jej widzieć. Już zerwałam wszelkie więzi, które łączyły mnie ze światem.

Weronice trudno było wypowiedzieć te słowa na środku świetlicy, w obecności wszystkich pacjentów. Pielęgniarz też nie był specjalnie dyskretny, informując na głos, że czeka na nią matka, tak jakby ciekawić mogło to cały szpital.

Nie chciała widzieć matki, bo wiedziała, że obydwie będą cierpieć. Byłoby lepiej, gdyby matka uznała ją za zmarłą. Weronika nienawidziła pożegnań.

Mężczyzna zniknął tam, skąd przyszedł, a Weronika znów zapatrzyła się na góry. Minął tydzień i wreszcie pojawiło się słońce. Od ubiegłej nocy wiedziała, że tak się stanie, bo powiedział jej o tym księżyc, kiedy mu grała na pianinie.

„Nie, to szaleństwo. Zaczynam tracić głowę. Gwiazdy i planety nie mówią do nikogo, jedynie do tych, co mienią się astrologami. Jeśli księżyc z kimś rozmawiał, to chyba tylko z tym schizofrenikiem".

Zaledwie to pomyślała, poczuła ukłucie w piersi i zdrętwiała jej ręka. Sufit zawirował – atak serca! Odczuła coś na kształt euforii, tak jakby śmierć miała ją wyzwolić od lęku przed śmiercią. Wspaniale! Za chwilę to wszystko się skończy! Być może poczuje jakiś ból, ale cóż znaczy pięć minut agonii wobec spokojnej wieczności? Jedyne co zrobiła, to zamknęła oczy. Na filmach zawsze przerażali ją umarli z szeroko otwartymi oczami.

Ale atak serca wyglądał inaczej, niż się tego spodziewała. Coraz trudniej było jej oddychać i z przerażeniem odkryła, że przyjdzie jej doświadczyć tego, czego się panicznie bała: śmierci przez uduszenie. Umrze tak, jakby ją pochowano żywcem, albo gwałtownie wciągnięto na dno morza.

Zatoczyła się, upadła, poczuła, że ktoś wymierzył jej policzek, starała się nadludzkim wysiłkiem złapać dech, ale powietrze nie docierało do płuc. Co gorsza, śmierć nie nadchodziła. Weronika była w pełni świadoma tego, co się wokół niej dzieje, wciąż postrzegała barwy i kształty przedmiotów. Jedynie z trudnością mogła odróżnić słowa – ludzkie głosy i okrzyki zdawały się tak odległe, jakby dochodziły z innego świata. Poza tym wszystko było rzeczywiste. Wprawdzie jej oddech się zatrzymał – po prostu płuca przestały być posłuszne – ale ciągle była przytomna.

Poczuła jak ktoś ją podnosi i kładzie na plecach, ale straciła już kontrolę nad ruchem oczu, które wirowały, przesyłając do jej mózgu setki obrazów.

Poczucie duszności mieszało się z całkowitym zaburzeniem widzenia.

Stopniowo i obrazy stały się odległe, ale kiedy agonia osiągnęła punkt kulminacyjny, powietrze przedarło się w końcu do klatki piersiowej z przeraźliwym świstem, który sparaliżował wszystkich obecnych.

Weronika dostała konwulsji i zaczęła wymiotować. Po tym jak jej los otarł się o tragedię, niektórzy szaleńcy wybuchnęli śmiechem, a ona sama czuła się upokorzona, zagubiona, niezdolna do jakiejkolwiek reakcji.

Jeden z pielęgniarzy zaaplikował jej pośpiesznie zastrzyk w ramię.

– Uspokój się. Już po wszystkim.

– Nie umarłam! – wykrzyknęła, wlokąc się w stronę innych pacjentów, brudząc wymiocinami wszystko po drodze. – Ciągle jestem w tym paskudnym domu wariatów i muszę was oglądać! Przeżywam co dzień i co noc tysiąc śmierci i nikt nie ma dla mnie cienia litości!

Odwróciła się do pielęgniarza, wyrwała mu z ręki strzykawkę i wyrzuciła do parku.

– Czego chcesz? Dlaczego nie podasz mi trucizny, skoro wiesz, że jestem skazana na śmierć? Czy ty masz choć odrobinę serca?

Nie panując już dłużej nad sobą, usiadła na podłodze i rozpłakała się na dobre, krzycząc i głośno szlochając. Niektórzy pacjenci naśmiewali się z niej i z jej zabrudzonego ubrania.

– Dajcie jej środek uspokajający! – zawołała wchodząca pośpiesznie lekarka. – Panujcie nad sytuacją!

Ale pielęgniarz stał jak sparaliżowany. Lekarka wróciła z dwojgiem innych pielęgniarzy i nową strzykawką. Mężczyźni chwycili rozhisteryzowaną, szamoczącą się pośrodku świetlicy kobietę, a lekarka wstrzyknęła do ostatniej kropli środek uspokajający w jej całe lepkie od wymiocin przedramię.

Obudziła się w gabinecie doktora Igora, leżąc na łóżku pokrytym nieskazitelnie białym prześcieradłem.

Słuchał jej serca. Udawała, że wciąż śpi, ale jakiś mięsień musiał się poruszyć, bo lekarz wyszeptał do niej, pewien, że go usłyszy:

– Możesz być spokojna. Z twoim zdrowiem można żyć sto lat.

Weronika otworzyła oczy. Ktoś przebrał ją w czyste ubranie. Czyżby był to doktor Igor? Widział ją nagą? Nie potrafiła zebrać myśli.

– Co pan powiedział?

– Powiedziałem, że możesz być spokojna.

– Nie, powiedział pan, że będę żyła sto lat.

Lekarz podszedł do biurka.

– Powiedział pan, że będę żyła sto lat – powtórzyła Weronika.

– W medycynie nie ma nic pewnego – wymigał

się od odpowiedzi doktor Igor. – Wszystko jest możliwe.

– Co z moim sercem?

– Bez zmian.

Więcej nie było jej trzeba. Lekarze zawsze w trudnych przypadkach mówią: *Będziesz żyć sto lat*, albo *To nic poważnego*, albo *Masz serce i ciśnienie młodzieńca*, albo też *Musimy zrobić badania*. Jakby obawiali się, że pacjent zdemoluje im cały gabinet.

Spróbowała się podnieść, lecz bez skutku. Cały gabinet kręcił się razem z nią.

– Zostań tu, dopóki nie poczujesz się lepiej. Nie przeszkadzasz mi.

„Tym lepiej – pomyślała. – A gdybym przeszkadzała?"

Doktor Igor, doświadczony lekarz, siedział przez chwilę w milczeniu, udając, że jest zajęty papierami rozrzuconymi na biurku. Gdy znajdujemy się w jednym pomieszczeniu z osobą, która nic nie mówi, sytuacja staje się denerwująca, napięta, nie do zniesienia. Doktor Igor miał nadzieję, że dziewczyna zacznie mówić, a on będzie mógł w ten sposób zebrać więcej danych do swej rozprawy o obłędzie i metodzie leczenia, nad którą pracował.

Ale Weronika nie odezwała się ani słowem.

„Być może jest już bardzo zatruta Vitriolem" – pomyślał doktor Igor, decydując się przerwać ciszę.

– Podobno lubisz grać na pianinie – odezwał się niby od niechcenia.

– Wariaci lubią mnie słuchać. Wczoraj jeden tak się zasłuchał, że wręcz przykleił się do pianina.

– Tak, Edward. Powiedział komuś, że był zachwycony. Może znowu zacznie jeść jak normalny człowiek. Kto wie?...

– Schizofrenik, który lubi muzykę? I rozmawia o tym z innymi?

– Tak. Ale założę się, że nie masz pojęcia, co to znaczy schizofrenia.

Ten lekarz ze swoimi czernionymi włosami, który bardziej przypominał pacjenta, miał rację. Weronika wiele razy słyszała to słowo, ale nie wiedziała, co ono oznacza.

– Czy ta choroba jest uleczalna? – zapytała z nadzieją, że dowie się czegoś więcej o schizofrenii.

– Można nad tym zapanować. Jeszcze nie wiadomo dokładnie, co dzieje się w świecie obłędu, wszystko w tej chorobie jest nowością, więc teorie zmieniają się z każdą dekadą. Schizofrenik to człowiek, który przejawia naturalną skłonność do izolowania się od świata, aż w końcu jakieś zdarzenie – poważne lub błahe, w zależności od przypadku – sprawia, że tworzy sobie własną rzeczywistość. Ten proces może ewoluować, aż do osiągnięcia stanu całkowitej nieobecności, którą nazywamy katatonią, albo może nastąpić polepszenie, a wtedy pacjent jest w stanie pracować i praktycznie, prowadzić normalne życie. Wszystko zależy wyłącznie od otoczenia.

– Tworzy sobie własną rzeczywistość – powtórzyła Weronika. – A czym jest rzeczywistość?

– Tym, czym powinna być zdaniem większości. Niekoniecznie tym, co najlepsze ani najbardziej logiczne, ale tym, co odpowiada zbiorowemu żądaniu. Czy widzisz, co mam na szyi?

– Krawat.

– No właśnie. Twoja odpowiedź jest logiczna i rzeczowa, w pełni zgodna z odpowiedzią normalnego człowieka: krawat! Jednak wariat powiedziałby, że mam na szyi kawałek kolorowego materiału, śmieszny, niepotrzebny, zawiązany w jakiś skomplikowany sposób, który utrudnia ruchy głową i zmusza do większego wysiłku przy oddychaniu. Moment nieuwagi przy wentylatorze może sprawić, że uduszę się przez ten kawałek materiału.

Gdyby jakiś szaleniec zapytał mnie, do czego służy krawat, musiałbym odpowiedzieć: absolutnie do niczego. Nie jest nawet ozdobą, bo dziś stał się symbolem wyobcowania albo dominacji, albo pewnego rodzaju nieufności. Jedyny prawdziwy z niego użytek mamy wtedy, gdy wracamy do domu i zdejmujemy go z poczuciem uwalniania się od czegoś, nie bardzo wiadomo, od czego.

Ale czy uczucie ulgi usprawiedliwia sens istnienia krawata? Nie. Mimo to, gdybym zapytał wariata i osobę normalną, co to jest, za zdrowego uznano by tego, kto odpowie: krawat. I nieważne kto ma rację, ale ważne, kto wykazał się zdrowym rozsądkiem.

– To stąd wywnioskował pan, że nie jestem wariatką, bo właściwie nazwałam skrawek kolorowego materiału.

„Nie, nie jesteś wariatką" – pomyślał doktor Igor, znawca przedmiotu, posiadacz wielu dyplomów zdobiących ściany jego gabinetu. Targnięcie się na własne życie leży w ludzkiej naturze. Znał wielu ludzi, którzy tego próbowali, a mimo to nadal żyli na wolności, niewinnie i normalnie, dlatego tylko, że nie zdecydowali się na jakąś bulwersującą metodę pozbawienia się życia, lecz zabijali się stopniowo, zatruwając tym, co doktor Igor nazywał Vitriolem.

Vitriol to substancja toksyczna, której działanie odkrywał podczas rozmów ze spotykanymi mężczyznami i kobietami. Pisał rozprawę na ten temat. Zamierzał ją przedstawić Słoweńskiej Akademii Nauk. Miała stać się tak samo rewolucyjna, jak niegdysiejsza metoda doktora Pinela, który nakazał zdjąć łańcuchy, skuwające chorych i który zatrwożył cały medyczny świat opinią, iż część z nich uda się wyleczyć.

Podobnie jak libido, które opisał Freud, a które, jak uważał doktor Igor, jest produktem chemicznym, choć żadne laboratorium na świecie nie było, jak dotąd, w stanie go wyodrębnić – tak samo Vitriol był toksycznym produktem zagrożonego organizmu. Dotychczas nie został on wykryty. Łatwo go jednak można było rozpoznać po smaku, ani słodkim, ani słonym, lecz gorzkim. Doktor Igor, nieznany jeszcze odkrywca tej śmiertelnej substancji, ochrzcił ją mianem trucizny, niegdyś chętnie używanej przez cesarzy, królów i kochanków wszelkiego autoramentu, gdy zamierzali definitywnie pozbyć się niewygodnych osób.

Jakież to były niesamowite czasy! Wtedy żyło się i umierało romantycznie. Morderca zapraszał swoją ofiarę na wystawną kolację, sługa wnosił dwa piękne puchary, z których jeden zawierał Vitriol dodany do napoju. Ileż emocji budziły gesty ofiary – chwytała za kielich, wygłaszała słowa pełne słodyczy lub agresji, wychylała zawartość niczym najwyśmienitszy nektar, patrzyła zdumionym wzrokiem na gospodarza i porażona padała na ziemię!

Jednak tę truciznę, dziś kosztowną i trudną do zdobycia, zastąpiły pewniejsze środki – rewolwery, bakterie itp. Doktor Igor, romantyk z natury, posłużył się niemal całkiem już zapomnianą nazwą, by ochrzcić nią chorobę duszy, którą zdołał zdiagnozować, i której odkrycie już wkrótce zaskoczy cały świat.

Ciekawe było, że nikt dotąd nie wymieniał Vitriolu jako śmiertelnej toksyny, choć większość zatrutych nią osób potrafiła określić jej smak jako Gorycz. Wszyscy nosimy w sobie większą lub mniejszą ilość Goryczy, tak jak niemal wszyscy jesteśmy nosicielami prątków gruźlicy. Lecz obie te choroby atakują tylko wtedy, gdy człowiek jest osłabiony. W przypadku Goryczy, choroba rozwija się najlepiej, gdy człowiek boi się tak zwanej „rzeczywistości".

Niektóre osoby pochłonięte tworzeniem świata, do którego nie zdoła przeniknąć żadne zagrożenie z zewnątrz, rozwijają w sposób przesadny mechanizmy obronne wobec obcych ludzi, nieznanych miejsc i nowych doświadczeń – zubażając swój świat wewnętrzny. Wtedy nieodwracalne szkody zaczyna wyrządzać Gorycz.

Głównym celem ataku Goryczy – czy Vitriolu, jak wolał to nazywać doktor Igor – jest wola. Ludzie dotknięci tą chorobą tracą chęć do czegokolwiek i po upływie kilku lat nie są w stanie wyjść ze swego świata, bo zużyli już przecież zapasy energii na zbudowanie wysokich murów, broniących dostępu do ich upragnionej rzeczywistości.

Chcąc zabezpieczyć się przed atakiem zewnętrznym, ograniczyli również swój rozwój wewnętrzny. Nadal chodzą do pracy, oglądają telewizję, narzekają na korki, wychowują dzieci, ale wszystko to dzieje się automatycznie i bez żadnych większych emocji, bo wszystko mają pod kontrolą.

Wielki problem zatrucia Goryczą polega na tym, że uczucia takie, jak nienawiść, miłość, rozpacz, entuzjazm, ciekawość również zanikają. Po pewnym czasie zgorzkniałemu nie zostaje już żadne pragnienie. Nie ma ochoty ani żyć ani umierać i w tym tkwi cały szkopuł.

Dlatego zgorzkniałych zawsze fascynują bohaterowie i szaleńcy, bo oni nie boją się ani żyć ani umierać. I bohaterowie i szaleńcy nie zważają na niebezpieczeństwa, i nawet gdyby cały świat ostrzegał ich, żeby nie szli dalej, i tak nie posłuchaliby nikogo. Szaleńcy popełniają samobójstwo, bohaterowie stają się męczennikami w imię sprawy. Zgorzkniali całe dnie i noce roztrząsają absurd i chwałę dokonanych przez nich czynów. Jest to jedyny moment, gdy zgorzkniali zdobywają się na odwagę, by przeskoczyć własne mury obronne i zerknąć na zewnątrz, ale szybko męczy ich to i wracają do swojej codzienności.

Chronicznie zgorzkniali miewają świadomość swej choroby raz w tygodniu – w niedzielne popołudnia, kiedy ani praca ani rutyna nie przychodzą im z pomocą, by złagodzić objawy. Dociera do nich, że coś jest nie w porządku, że spokój tych popołudni jest iście piekielny, że czas jakby się zatrzymał w miejscu, ale dają tylko upust swemu rozdrażnieniu.

Z nadejściem poniedziałku zgorzkniali zapominają o wszystkim i znowu zaczynają narzekać na ciągły brak czasu na odpoczynek i psioczyć na to, że weekendy tak szybko mijają.

Jedyną zaletą tej choroby, ze społecznego punktu widzenia, jest jej powszechność, dlatego odosobnienie – w jej przypadku – nie jest potrzebne, chyba żeby zatrucie było tak silne, że chory zacząłby zagrażać innym. Większość zgorzkniałych może żyć na wolności, nie stanowiąc niebezpieczeństwa dla porządku publicznego ani dla bliźnich. Za wysokimi murami wzniesionymi wokół siebie są całkowicie odizolowani od świata, choć zdają się stanowić jego część.

Zygmunt Freud odkrył libido i sposoby leczenia problemów przez nie wywołanych, i tak powstała psychoanaliza. Doktor Igor wykrył istnienie Vitriolu, ale musiał jeszcze udowodnić, że zna metodę leczenia obłędu. Pragnął, by jego imię zaistniało w historii medycyny, choć nie łudził się co do trudności, którym będzie musiał stawić czoła, by przeforsować swoje idee, jako że „normalni" są zadowoleni ze swojego losu i za żadne skarby nie przyznają się do choroby, zaś „chorzy" są kołem napędowym gigantycznego rynku szpitali psychiatrycznych, laboratoriów, kongresów.

„Wiem, że świat nie od razu doceni moje wysiłki" – powiedział sam do siebie, dumny z tego, że może być niezrozumiany. W końcu to jest cena, jaką płacą geniusze.

– Co się z panem stało? – zapytała stojąca przed nim dziewczyna. – Można by powiedzieć, że wszedł pan do świata swych pacjentów.

Doktor Igor pominął milczeniem ten lekceważący komentarz.

– Możesz już sobie iść – powiedział.

Weronika nie wiedziała, czy jest dzień czy noc, bo doktor Igor miał zapalone światło, ale tak było w jego gabinecie co rano. Jednak gdy wyszła na korytarz, zobaczyła na niebie księżyc i zdała sobie sprawę, że spała dłużej niż sądziła.

W drodze na oddział jej uwagę przykuła zawieszona na ścianie fotografia. Widniał na niej główny plac Ljubljany, jeszcze bez pomnika poety Preserena, i spacerujące pary – zapewne w niedzielne popołudnie.

Odczytała datę na fotografii: lato 1910.

Lato 1910. Byli tu uchwyceni w jakimś momencie życia ludzie, których dzieci i wnuki dawno już umarły. Kobiety miały na sobie ciężkie suknie, mężczyźni nosili kapelusze, surduty, krawaty (barwne kawałki materiału, jak powiedzieliby wariaci), getry i parasole pod pachą.

A temperatura? Temperatura była zapewne podobna do tej, jaka panuje dzisiaj w lecie, to znaczy około 35°C w cieniu. Gdyby zjawił się tam jakiś Anglik w bermudach i samej koszuli, ubraniu znacznie bardziej dostosowanym do upału, cóż pomyśleliby o nim?

„To wariat".

Doskonale rozumiała, co doktor Igor chciał jej powiedzieć. Uświadomiła sobie również, że w całym swoim życiu zaznała wiele miłości, troski i opieki, ale brakowało jej czegoś, co by mogło przekształcić to wszystko w błogosławieństwo – powinna być bardziej szalona.

Rodzice kochaliby ją tak czy inaczej, ale ona nie odważyła się zapłacić ceny za swoje marzenie z obawy, że ich zrani. Było to marzenie zagrzebane głęboko w jej pamięci, które od czasu do czasu wydobywało się na powierzchnię, na jakimś koncercie czy przy przypadkowo słuchanej płycie. Jednak ilekroć się budziło, towarzyszące mu uczucie frustracji było tak silne, że usypiała je jak najszybciej.

Weronika od dziecka wiedziała, jakie było jej prawdziwe powołanie: być pianistką!

Czuła to już od pierwszej lekcji muzyki – miała wtedy dwanaście lat. Przeczuwając talent Weroniki, jej nauczycielka stale zachęcała ją, by stała się zawodową pianistką. Jednak w dniu, gdy cała szczęśliwa po wygranym konkursie powiedziała matce, że rzuci wszystko, by poświęcić się bez reszty muzyce, ta spojrzała na nią z czułością i odpowiedziała: „Nie można żyć z grania na pianinie, mój skarbie".

„Przecież posyłałaś mnie na lekcje!"

„Ale tylko po to, by rozwinąć twoje talenty artystyczne. Doceni to twój mąż i będziesz mogła błyszczeć na przyjęciach. Zapomnij o karierze pianistki i zostań adwokatką – ten zawód ma przyszłość".

Weronika posłuchała rad matki, wierząc, że była ona doświadczoną kobietą, która *rozumie rzeczywistość*. Skończyła szkołę, poszła na uniwersytet i ukończyła go z wysokimi ocenami. Z dyplomem w kieszeni poszukiwała pracy, ale nie znalazła nic prócz posady bibliotekarki.

„Powinnam chyba być bardziej szalona". Ale, jak to bywa z większością ludzi, odkryła to zbyt późno.

Gdy ruszyła przed siebie, poczuła, że ktoś chwycił ją za ramię. Silny środek uspokajający, który jej podano, wciąż krążył w jej żyłach, dlatego nie zareagowała, gdy Edward, schizofrenik, zawrócił ją z drogi i delikatnie poprowadził w stronę świetlicy.

Księżyc nadal był w pierwszej kwadrze, a Weronika, spełniając niemą prośbę Edwarda, właśnie usiadła do pianina, gdy usłyszała jakiś głos dochodzący z jadalni. Ktoś mówił z obcym akcentem, a przecież nie pamiętała nikogo takiego w Villete.

– Edwardzie, nie chcę teraz grać. Mam ochotę dowiedzieć się, co się tam dzieje, o czym mówią obok i kim jest ten cudzoziemiec.

Edward uśmiechał się, prawdopodobnie nie zrozumiał ani jednego jej słowa. Przypomniała sobie, co mówił doktor Igor: schizofrenik może wchodzić i wychodzić ze swojego świata.

– Niedługo umrę – ciągnęła dalej, z nadzieją, że jej słowa będą miały dla niego sens. – Śmierć musnęła mnie dziś swymi skrzydłami i pewnie jutro lub za parę dni zapuka do mych drzwi. Nie możesz się przyzwyczajać do słuchania muzyki co wieczór.

Nikt nie powinien do niczego się przyzwyczajać, Edwardzie. Spójrz tylko, ja na nowo polubiłam słońce, góry a nawet kłopoty. Pogodziłam się z tym, że jeśli moje życie nie miało sensu, to nikt prócz mnie nie był temu winien. Chciałabym znów zobaczyć plac w Ljubljanie, poczuć nienawiść i miłość, rozpacz i nudę, wszystkie proste i śmieszne sprawy, które składają się na codzienność i nadają smak naszej egzystencji. Gdyby kiedyś udało mi się stąd wyjść, pozwoliłabym sobie być szalona, bo wszyscy jesteśmy szaleni. Najgorsi są ci, którzy o tym nie wiedzą, bo powtarzają tylko to, co każą im inni.

Ale to wszystko jest niemożliwe, rozumiesz? Ty też nie możesz czekać całymi dniami na nadejście nocy i na to, że jedna z pacjentek zagra na pianinie, bo to wkrótce się skończy. Nasze drogi się rozejdą.

Podniosła się, delikatnie pogłaskała chłopaka po twarzy i poszła do jadalni.

Otworzyła drzwi i natknęła się na niezwykłą scenę. Wszystkie stoły i krzesła zepchnięto pod ściany, a pośrodku jadalni, na podłodze, siedzieli członkowie Bractwa, słuchając mężczyzny w garniturze i krawacie.

– ...wtedy zaproszono Nasrudina, wielkiego mistrza sufi, by wygłosił odczyt – mówił.

Gdy weszła, wszystkie spojrzenia obecnych skierowały się na nią.

– Proszę usiąść – powiedział do niej człowiek w garniturze.

Usiadła na podłodze obok Mari, kobiety o siwych włosach, która zachowała się tak agresywnie przy ich pierwszym spotkaniu. Ku zdziwieniu Weroniki, Mari uśmiechnęła się do niej na powitanie.

– Nasrudin wyznaczył spotkanie na godzinę drugą po południu – mówił dalej cudzoziemiec. – Był to wielki sukces – sprzedano tysiąc biletów, a ponad siedemset pozostałych osób miało oglądać transmisję debaty w holu, na wielkim ekranie.

Punktualnie o godzinie drugiej wszedł asystent Nasrudina, tłumacząc, że z powodu sił wyższych konferencja się opóźni. Niektórzy poczuli się urażeni, zażądali zwrotu pieniędzy i wyszli. Jednak nadal wiele osób pozostało w sali i na zewnątrz.

O czwartej po południu mistrza wciąż nie było i ludzie stopniowo zaczęli opuszczać salę, odbierając w kasie swoje pieniądze. Ostatecznie był to koniec dnia pracy i trzeba było wracać do domu. O szóstej początkowa liczba tysiąca siedmiuset słuchaczy zmniejszyła się do niespełna setki.

Wtedy wszedł Nasrudin. Wyglądał na pijanego w sztok i swobodnie zaczął żartować ze śliczną, siedzącą w pierwszym rzędzie, dziewczyną.

Gdy ludzie ochłonęli z szoku, zaczęli dawać upust swemu oburzeniu. Jak ten człowiek mógł się tak zachowywać, tym bardziej, że kazał na siebie czekać cztery godziny? Słychać było szmer niezadowolenia, ale mistrz sufi nie zwracał na to najmniejszej uwagi. Wykrzykiwał głośno do dziewczyny, że jest seksowna i zaprosił ją do wspólnej podróży po Francji.

„Ładny mi mistrz – pomyślała Weronika. – Na szczęście nigdy nie wierzyłam w te brednie".

Rzuciwszy kilka przekleństw w stronę protestujących, Nasrudin spróbował się podnieść, lecz upadł z hukiem na podłogę. Zgorszeni ludzie postanowili wyjść, wykrzykując, że wszystko to jest szarlatanerią, i grożąc, że poinformują prasę o całym tym poniżającym przedstawieniu.

W sali pozostało zaledwie dziewięć osób. Gdy tylko wyszła grupa oburzonych słuchaczy, Nasrudin stanął na nogi. Był całkowicie trzeźwy, z jego oczu biło niesamowite światło, a jego postać otaczała aura dostojeństwa i mądrości. „Wy, którzy zostaliście, jesteście ludźmi, którzy są zdolni mnie usłyszeć – powiedział. – Bowiem przeszliście przez dwie najtrudniejsze próby na drodze duchowej: cierpliwości oczekiwania na właściwy moment i odwagi, pozwalającej przezwyciężać rozczarowania tym, co napotkane. I was będę nauczał".

I Nasrudin wtajemniczył obecnych w niektóre techniki sufi.

Mężczyzna przerwał i wyjął z kieszeni dziwny flet.

– Odpocznijmy teraz przez chwilę, a potem będziemy wspólnie medytować.

Wszyscy wstali, a Weronika nie wiedziała, co ze sobą począć.

– Wstań i ty – powiedziała Mari, chwytając ją za rękę. – Mamy pięć minut przerwy.

– Ja już pójdę, nie chcę przeszkadzać.

Mari pociągnęła ją do kąta sali.

– A więc niczego się nie nauczyłaś, nawet w obliczu śmierci! Przestań cały czas myśleć, że kogoś krępujesz, że komuś przeszkadzasz! Jeśli ludziom się to nie spodoba, upomną się o swoje! A jeśli nie będą mieli odwagi, to już ich sprawa!

– Wtedy, gdy próbowałam się do was zbliżyć, zrobiłam coś, na co nigdy wcześniej bym się nie zdobyła.

– I przestraszył cię zwykły żart wariatów. Dlaczego nie poszłaś za ciosem? Co miałaś do stracenia?

– Swoją godność. Miałam wrażenie, że nie jestem mile widziana.

– A czym jest godność? Czy to pragnienie, by wszyscy docenili jaka jesteś dobra, dobrze wychowana, pełna miłości dla bliźnich? Naucz się szanować przyrodę, oglądaj więcej filmów o zwierzętach i przyjrzyj się, jak one walczą o swoje terytorium. Wszystkim nam spodobał się ten wymierzony przez ciebie policzek.

Weronika miała już niewiele czasu na walkę o terytorium, jakie by ono nie było, dlatego zmieniła temat. Zapytała o mężczyznę w garniturze.

– Coraz lepiej – roześmiała się Mari. – Zadajesz pytania, nie przejmując się, że pomyślą, iż jesteś niedyskretna. Ten mężczyzna jest mistrzem sufi.

– Co to znaczy *sufi*?

– Wełna.

Weronika nie rozumiała. Wełna?

– Sufizm to duchowa tradycja derwiszy – ascetów odzianych w strój z wełny. Nauczyciele sufi nie starają się pokazać jak bardzo są mądrzy, a uczniowie, by wejść w trans tańczą i wirują.

– I po co to wszystko?

– Nie wiem dokładnie, ale nasza grupa postanowiła doświadczyć wszystkiego, co zakazane. Przez całe życie oficjalna propaganda wpajała nam do głowy, że poszukiwania duchowe oddalają jedynie człowieka od jego rzeczywistych problemów. Teraz odpowiedz mi na następujące pytanie: czy nie uważasz, że starać się zrozumieć życie, to rzeczywisty problem?

Tak. To był rzeczywisty problem. Chociaż nie była już taka pewna, że wie co znaczy słowo *rzeczywistość*.

Mężczyzna w garniturze – mistrz sufi, wedle słów Mari – poprosił, aby wszyscy usiedli kołem. Z wazonu w jadalni wyjął wszystkie kwiaty, prócz jednej czerwonej róży. Wazon z tą różą ustawił pośrodku koła.

– Spójrz, do czego doszliśmy – odezwała się Weronika do Mari. – Jakiś szaleniec uparł się, że można wyhodować kwiaty w zimie i dziś mamy róże przez cały rok w całej Europie. Czy myślisz, że ten mistrz sufi, z całą swoją wiedzą, jest w stanie tego dokonać?

Mari zdała się odgadywać jej myśli.

– Zostaw krytykę na później.

– Postaram się, choć wszystko, co mam, to teraźniejszość, w dodatku bardzo krótką.

– To dotyczy wszystkich ludzi. Teraźniejszość zawsze jest bardzo krótka, choć niektórzy sądzą, że posiadają na własność i przeszłość, w której gromadzili przedmioty, i przyszłość, w której zgromadzą ich jeszcze więcej. A mówiąc o teraźniejszości, często się masturbujesz?

Chociaż wciąż była pod wpływem środków uspokajających, przypomniała sobie pierwsze słowa, jakie usłyszała w Villete.

– Gdy znalazłam się w Villete, jeszcze podłączona rurkami do respiratora, usłyszałam wyraźnie, jak ktoś mnie spytał, czy chcę, aby mnie zaspokojono. Co to wszystko znaczy? Dlaczego nie możecie tutaj przestać o tym myśleć?

– Tutaj i tam na zewnątrz. Tylko że my nie musimy się z tym kryć.

– Czy to ty zadałaś mi to pytanie?

– Nie. Ale musisz wiedzieć, gdzie szukać rozkoszy. Następnym razem, przy odrobinie cierpliwości będziesz mogła poprowadzić tam swojego partnera, zamiast dać mu sobą kierować. Nawet jeśli zostały ci już tylko dwa dni życia, sądzę, że nie powinnaś stąd odchodzić, nie dowiedziawszy się, gdzie jej szukać.

– Może ze schizofrenikiem, który czeka bym dla niego grała.

– Przynajmniej to przystojny chłopak.

Mężczyzna poprosił o ciszę, przerywając ich rozmowę. Nakazał, by wszyscy skoncentrowali się na róży i wyciszyli myśli.

– Myśli i tak powrócą, ale postarajcie się je odsunąć. Macie do wyboru: albo panować nad swoim umysłem, albo pozwolić, by on zapanował nad wami. Doświadczyliście już drugiej ewentualności – pozwalaliście się ponieść lękom, nerwom, niepewnościom, bo każdy człowiek posiada skłonność do autodestrukcji.

Nie mylcie jednak obłędu z utratą kontroli. Pamiętajcie, że wedle tradycji sufi, mistrza – Nasrudina – nazywa się szaleńcem. I to właśnie dlatego, że uchodzi za osobnika niespełna rozumu, może mówić to, co myśli i robić to, na co ma ochotę. Podobnie było z błaznami na średniowiecznych dworach – mogli ostrzegać króla przed niebezpieczeństwami, o których ministrowie nie śmieli nawet pisnąć, z obawy przed utratą swych stanowisk.

Tacy powinniście być i wy. Bądźcie szaleni, ale zachowujcie się jak normalni ludzie. Podejmijcie ryzyko bycia odmiennymi, ale nauczcie się to robić, nie zwracając na siebie uwagi. A teraz skupcie się na tej róży i pozwólcie, by objawiło się wasze prawdziwe Ja.

– Co to jest prawdziwe Ja? – wtrąciła Weronika w pół słowa. Wszyscy zapewne wiedzieli, ale nie dbała o to, przestała wyrzucać sobie, że przeszkadza innym.

Mężczyzna wydawał się zaskoczony tym, że mu przerwała, lecz odpowiedział:

– To kim jesteś, a nie to, co z ciebie zrobiono.

Weronika postanowiła, że spróbuje maksymalnie się skoncentrować i odkryć swoje prawdziwe Ja. Podczas pobytu w Villete doświadczyła uczuć, których nigdy dotąd tak głęboko nie przeżywała: nienawiści, miłości, chęci życia, strachu, ciekawości. Być może Mari miała rację – czy naprawdę poznała, co to orgazm? Czy zdołała dotrzeć tylko tam, dokąd pozwolili jej mężczyźni?

Człowiek w garniturze zaczął grać na flecie. Muzyka ukoiła na tyle jej duszę, że skupiła całą swoją uwagę na róży. Mógł to być skutek działania środka uspokajającego, ale fakt pozostawał faktem, że od wyjścia z gabinetu doktora Igora czuła się bardzo dobrze.

Wiedziała, że wkrótce umrze, po cóż więc było się bać? To nic nie zmieni i nie powstrzyma nieuchronnego ataku serca. Lepiej było wykorzystać dni czy godziny, które jej zostały, by robić to, na co nigdy dotąd się nie poważyła.

Łagodna muzyka i przyćmione światło w jadalni tworzyło atmosferę niemal religijną. Religia – dlaczego by nie spróbować zanurzyć się w głąb siebie w poszukiwaniu resztek religijności, okruchów wiary?

Jednak muzyka powiodła ją gdzie indziej, więc odegnała od siebie wszystkie myśli i zadowoliła się tym, że *Jest*. Odprężyła się, zadumała nad różą, zobaczyła siebie, spodobało się jej to, co zobaczyła i pożałowała swego pochopnego czynu.

Medytacja dobiegła końca i mistrz sufi odjechał. Mari rozmawiała jeszcze w jadalni z członkami Bractwa. Weronika poskarżyła się, że jest zmęczona i poszła do siebie. W końcu środek, który jej zaplikowano był tak silny, że mógł uśpić wołu, a mimo to znalazła w sobie dość energii, by do tej pory nie zasnąć.

„Młodość już taka jest, sama ustala granice wytrzymałości, nie pytając, czy ciało to zniesie. A ciało zawsze znosi".

Mari nie chciało się spać. Obudziła się późno, potem poszła do miasta, bo doktor Igor wymagał, by członkowie Bractwa codziennie wychodzili z Villete. Wybrała się do kina na jakiś bardzo nudny film o konfliktach między mężem i żoną i zasnęła w fotelu. Czy nie było już innych tematów? Po co wciąż powtarzać te same historie: mąż i kochanka, mąż, żona i chore dziecko, albo mąż, żona, kochanka i chore dziecko? Przecież na świecie istniały ciekawsze sprawy.

Rozmowa w jadalni trwała krótko. Medytacja zrelaksowała grupę i wszyscy postanowili pójść spać. Wszyscy oprócz Mari, która wyszła na spacer do parku. Po drodze minęła świetlicę i zobaczyła, że dziewczynie nie udało się jeszcze dotrzeć do swego oddziału – grała dla Edwarda, schizofrenika który przypuszczalnie czekał przez cały czas przy pianinie. Wariaci, podobnie jak dzieci, nie dają za wygraną, dopóki ich życzenie nie zostanie spełnione.

Było bardzo zimno. Mari wróciła, wzięła płaszcz i znowu wyszła na dwór. Na zewnątrz, z dala od ludzkich oczu, zapaliła papierosa. Paliła bez poczucia winy, powoli, rozmyślając o tej młodej dziewczynie, o pianinie, którego dźwięki dochodziły i tutaj, o życiu za murami Villete, które było nieznośnie trudne dla wszystkich.

Zdaniem Mari, trudność ta nie wypływała z chaosu, dezorganizacji czy anarchii, lecz z przerostu porządku. Społeczeństwu narzucano coraz większą ilość przepisów i ustaw sprzecznych z przepisami, i nowe przepisy sprzeczne z poprzednimi ustawami. To powodowało, że ludzie byli zastraszeni, bali się naruszyć niewidzialne zasady, rządzące ich życiem zasady.

Mari znała się na tym bardzo dobrze. Dwadzieścia lat wykonywała zawód adwokata, do chwili, gdy choroba przywiodła ją do Villete. Już na początku kariery straciła szybko swoje naiwne wyobrażenie o Sprawiedliwości i zrozumiała, że ustawy uchwala się nie po to, by rozwiązywać problemy, lecz by przedłużać w nieskończoność spory.

Szkoda, że Bóg, Allah czy Jahwe – mniejsza o imię – nie musi żyć w dzisiejszym świecie. Gdyby żył, do dziś bylibyśmy w raju, a On musiałby rozpatrywać odwołania, apelacje, petycje, podania, rekwizycje sądowe, pozwy i objaśniać na nieskończonej ilości sesji swoją decyzję wygnania Adama i Ewy z Raju, dlatego tylko, że przekroczyli arbitralne, bezpodstawne prawo, jakim był zakaz jedzenia owoców z drzewa wiadomości Dobrego i Złego.

Skoro chciał tego uniknąć, to dlaczego posadził to drzewo pośrodku ogrodu, a nie gdzieś poza murami Raju? Gdyby powołano ją do obrony tej pary, Mari z całą pewnością oskarżyłaby Boga o „uchybienie administracyjne", bo nie dość, że umieścił drzewo w niewłaściwym miejscu, to na dodatek nie opatrzył go stosownymi ostrzeżeniami, barierami, nie zastosował minimalnych bodaj środków ostrożności, narażając na niebezpieczeństwo wszystkich.

Mari mogła Go również oskarżyć o „nakłonienie do przestępstwa" – zwrócił bowiem uwagę Adama i Ewy na miejsce, gdzie rosło drzewo. Gdyby nic nie powiedział, pokolenia za pokoleniami przechodziłyby tamtędy i nikomu nawet do głowy by nie przyszło, żeby sięgać po zakazany owoc z drzewa rosnącego w gąszczu innych, podobnych drzew.

Ale Bóg postąpił inaczej. Ustanowił prawo i znalazł sposób, by nakłonić kogoś do jego złamania tylko po to, by wynaleźć Karę. Wiedział, że Adam i Ewa znudzą się w końcu tym nadmiarem doskonałości i – wcześniej czy później – wystawią na próbę Jego cierpliwość. Czekał na to, bo może On również – Wszechmocny – miał dość świata, gdzie wszystko funkcjonowało bez zarzutu. Gdyby Ewa nie skosztowała jabłka, cóż ciekawego zdarzyłoby się przez miliony lat?

Nic.

Gdy zostało złamane prawo, Bóg – Sędzia Wszechmocny – udawał, iż szuka ukrywających się, jakby nie znał wszystkich możliwych kryjówek. Przetrząsał ogród kawałek po kawałku ku uciesze aniołów, którzy wielce bawili się tym żartem (dla nich również życie musiało być monotonne, od czasu gdy Lucyfer opuścił Niebo). Mari wyobrażała sobie, jaką cudowną scenę w filmie sensacyjnym można by było nakręcić na podstawie tego fragmentu Biblii. Odgłosy kroków Boga, przerażone spojrzenia pary winowajców, stopy, które nagle zatrzymują się tuż obok ich kryjówki.

– *Gdzie jesteś?*– pyta Bóg.

– *Kroki Twe usłyszałem w ogrodzie, przestraszyłem się, bo jestem nagi i ukryłem się* – odpowiada Adam, nieświadom, że tymi słowami przyznaje się do winy.

I gotowe. Dzięki prostej sztuczce, pozorując, że nie wie, gdzie jest Adam i co było prawdziwym powodem jego ukrycia się, Bóg dopiął swego. Mimo to, by bacznie przyglądający się całemu wydarzeniu Aniołowie nie mieli cienia wątpliwości, postanowił posunąć się dalej.

– *Któż ci powiedział, że jesteś nagi?* – spytał Bóg, wiedząc, że na to pytanie jest tylko jedna odpowiedź: Bo zjadłem z drzewa, dzięki któremu to pojąłem.

Tym pytaniem Bóg wykazał aniołom, że jest

sprawiedliwy i skazuje parę na podstawie dowodów. Odtąd nieważne już było, czy wina leżała po stronie kobiety, ani czy prosić będą o przebaczenie. Bogu potrzebny był przykład, aby żadna inna istota, ziemska czy niebiańska, nie poważyła się nigdy więcej sprzeciwić Jego decyzjom.

Bóg wygnał parę z Raju, ich dzieci również słono zapłaciły za przewinienie rodziców (jak to bywa do dziś z dziećmi skazanych), i tak powstał system sądowniczy: prawo i złamanie prawa (logiczne czy absurdalne, to nie miało znaczenia), proces (gdzie sprytniejszy wygrywa z naiwnym) i kara.

A kiedy cały ludzki ród został skazany bez możliwości rewizji wyroku, człowiek postanowił stworzyć mechanizmy obronne, na wypadek, gdyby Bóg zapragnął znowu objawić swą bezwzględną władzę. Ale przez tysiąclecia przesadził z ich liczbą i sprawiedliwość stała się plątaniną klauzul, orzeczeń i sprzecznych tekstów, których nikt nie był w stanie pojąć.

A gdy Bóg zmienił zdanie i posłał Swego Syna, by zbawił świat, to cóż się stało? Wpadł on w sidła sprawiedliwości, którą przecież sam Bóg wymyślił.

Prawo stało się takim gąszczem, że Syn skończył przybity do krzyża. Nie był to łatwy proces: odsyłano go od Annasza do Kajfasza; od kapłanów do Piłata, który tłumaczył się brakiem przepisów w kodeksie rzymskim; od Piłata do Heroda, który sprawę oddalił, motywując, że kodeks żydowski nie przewiduje kary śmierci. Od Heroda z powrotem do Piłata, który raz jeszcze próbował fortelu, proponując ludowi ugodę – ubiczował Jezusa i obnażył jego rany, ale i to na nic się zdało.

Jak to czynią współcześni prokuratorzy, Piłat postanowił zapewnić sobie sławę kosztem skazanego. Zaproponował zamianę Jezusa na Barabasza, wiedząc, że proces w tym stadium stał się już wielkim spektaklem, który wymagał podniosłego zakończenia – śmierci oskarżonego.

W końcu Piłat uciekł się do artykułu, który przyznawał przywilej wątpliwości sędziemu, a nie sądzonemu i umył ręce, co znaczyło: „Ani tak, ani nie". Był to jeszcze jeden wybieg, pozwalający na zachowanie rzymskiego systemu sądowniczego, nie narażający na szwank dobrych stosunków z miejscowymi urzędnikami i umożliwiający przeniesienie ciężaru odpowiedzialności na lud, na wypadek, gdyby ogłoszenie wyroku wywołało kłopoty i jakiś inspektor ze stolicy Imperium zechciał osobiście zbadać sprawę.

Sprawiedliwość. Prawo. Były z pewnością niezbędne, by przyjść z pomocą niewinnym, jednak nie zawsze funkcjonowały tak jak trzeba. Mari była zadowolona, że przebywa z dala od tego całego zamętu, chociaż dzisiaj, słuchając dźwięków pianina, nie była już tak pewna jak dawniej, że Villete było dla niej odpowiednim miejscem.

„Jeśli kiedyś zdecyduję się wyjść stąd, nigdy więcej nie będę się mieszać do sprawiedliwości, nie będę przestawać z wariatami, którzy sądzą, że są normalni i ważni, choć tak naprawdę ich jedyną racją bytu jest utrudnianie życia bliźnim. Będę krawcową, hafciarką, będę sprzedawać owoce przed miejskim teatrem. Wyczerpałam już mój przydział niepotrzebnego szaleństwa".

W Villete wolno było palić, za to nie wolno było wyrzucać niedopałków na trawnik. Z przyjemnością złamała zakaz, bowiem wielką zaletą pobytu tutaj było to, że można było nie przestrzegać przepisów regulaminu i mimo to nie ponosić z tego powodu większych konsekwencji.

Zbliżyła się do bramy wejściowej. Strażnik – zawsze tu był strażnik, w końcu takie były przepisy – pozdrowił ją kiwnięciem głowy i otworzył bramę.

– Nie zamierzam wychodzić – powiedziała.

– Ładna muzyka – odezwał się strażnik – Ostatnio słychać ją co wieczór.

– Już wkrótce nie będzie jej słychać – odparła, oddalając się szybko, by nie musieć tłumaczyć, dlaczego.

Przypomniała sobie strach, który dostrzegła w oczach dziewczyny, wchodzącej do jadalni.

Strach. Weronika mogła czuć niepewność, onieśmielenie, wstyd, zakłopotanie, ale dlaczego strach? To uczucie jest uzasadnione w obliczu konkretnego zagrożenia: dzikiego zwierzęcia, uzbrojonych napastników, trzęsienia ziemi, ale nie grupy ludzi, która zebrała się w jadalni.

„Ale człowiek taki już jest – pocieszyła się. – Zastępuje strachem większą część swoich emocji".

Mari dobrze wiedziała, o czym mówi, bo to właśnie był powód, który przywiódł ją do Villete: syndrom paniki.

Mari zgromadziła prawdziwą kolekcję artykułów o swojej chorobie. Ostatnio mówiło się na ten temat otwarcie, widziała nawet program w niemieckiej telewizji, w którym ludzie opowiadali o swoich doświadczeniach. W programie tym przedstawiono badania, z których wynikało, że znaczna część ludzkości cierpi na syndrom paniki, choć większość stara się ukryć jego objawy z obawy, że zostaną uznani za wariatów.

Ale w czasach gdy Mari miała pierwszy atak, nikt o tym wszystkim nie wiedział. „To było piekło! Istne piekło!” – pomyślała, zapalając następnego papierosa.

Wciąż jeszcze słychać było dźwięki pianina. Wyglądało na to, że dziewczyna ma dość sił, by grać całą noc.

Przybycie Weroniki do szpitala poruszyło wielu pacjentów. Mari była jedną z nich. Na początku starała się jej unikać, obawiając się, że obudzi w niej chęć do życia. Lepiej było, by nadal pragnęła śmierci, bo nie mogła już przed nią uciec. Doktor Igor rozpuścił plotkę, że pomimo codziennych zastrzyków, stan dziewczyny raptownie się pogarsza i nie ma dla niej ratunku.

Pacjenci pojęli sens tej wiadomości i trzymali się z daleka od skazanej. Ale – choć nikt nie wiedział dokładnie, dlaczego – Weronika zaczęła walczyć o życie. Tylko dwie osoby zbliżyły się do niej: Zedka, która miała wyjść nazajutrz i nie była zbyt rozmowna, oraz Edward.

Mari musiała porozmawiać z Edwardem, który zawsze liczył się z jej zdaniem. Czyżby nie rozumiał, że znów przywraca dziewczynę światu? I że było to najgorsze, co mógł zrobić komuś, dla kogo nie było już żadnej nadziei?

Rozważyła tysiąc sposobów wytłumaczenia mu tego, ale każdy wywołałby u niego poczucie winy, a do tego nie mogła dopuścić po żadnym pozorem. Po chwili namysłu doszła do wniosku, że pozostawi sprawy swojemu biegowi. Nie była już adwokatem i nie chciała naprawiać świata szaleńców, w którym powinna panować anarchia.

Obecność tej młodej dziewczyny poruszyła wiele osób i niektórzy byli gotowi ponownie przemyśleć swoje życie. Podczas jednego ze spotkań Bractwa ktoś próbował ustalić, co się właściwie dzieje. Zgony w Villete albo zdarzały się nagle i nikt nie miał nawet czasu o nich pomyśleć, albo też kładły kres długiej chorobie, wtedy śmierć stawała się wybawieniem.

Jednak w tym przypadku sytuacja była dramatyczna, bo dziewczyna była młoda, znów chciała żyć, a wszyscy wiedzieli, że to niemożliwe. Niektórzy pytali siebie: „A gdyby mnie się to przydarzyło? Czy gdyby i mnie dano szansę, jak jej, skorzystałbym z niej i też chciałbym żyć?"

Dla wielu było to obojętne. Od dawna już się poddali i schronili w świecie, gdzie nie ma ani życia, ani śmierci, ani czasu, ani przestrzeni. Ale inni rozmyślali nad tym. Mari też.

Weronika przestała na chwilę grać i zaczęła przyglądać się Mari spacerującej w mroźną noc w cienkim płaszczu. Czyżby chciała umrzeć?

„Nie. To ja chciałam się zabić".

Znów usiadła przy pianinie. W ostatnich dniach życia udało się jej spełnić swoje wielkie marzenie: grać całą duszą i całym sercem tak długo i tak głośno, jak chciała. Nie miało najmniejszego znaczenia, że jej jedyną publicznością był schizofrenik. Zdawał się rozumieć muzykę i to się tylko liczyło.

Mari nigdy nie chciała się zabić. Wręcz przeciwnie, przed pięcioma laty w tym samym kinie, do którego się dzisiaj wybrała, oglądała z przerażeniem reportaż o nędzy w Salwadorze i rozmyślała nad tym, jak ważne jest dla niej życie. Jej dzieci były już dorosłe i dobrze zakotwiczone w życiu zawodowym, a ona sama zdecydowała się rzucić nudną i nigdy nie kończącą się pracę w adwokaturze, by poświęcić resztę swoich dni dla jakiejś instytucji humanitarnej. Krążyły wieści o możliwym wybuchu wojny domowej w kraju, ale Mari nie wierzyła, by w końcu dwudziestego wieku Wspólnota Europejska pozwoliła na wojnę u swoich wrót.

Za to na drugim krańcu świata roiło się od tragedii, na przykład w Salwadorze, gdzie dzieci umierały z głodu na ulicy, gdzie zmuszano je do prostytucji.

– Co za potworność! – szepnęła do męża, siedzącego w fotelu obok.

Przytaknął jej kiwnięciem głowy.

Mari już od dawna zwlekała z decyzją, ale może w końcu nadeszła pora, by z nim porozmawiać. Osiągnęli już wszystko, co życie mogło im dać: dom, pracę, udane dzieci, niezbędny komfort, wolny czas, wiedzę. Dlaczego nie miałaby zrobić teraz czegoś dla bliźnich? Mari miała kontakty w Czerwonym Krzyżu, wiedziała, że tam rozpaczliwie poszukują ochotników. Miała dość biurokracji i procesów, czuła się niezdolna, by wspierać ludzi, usiłujących latami rozwiązać problem, który nie oni stworzyli. Natomiast w Czerwonym Krzyżu jej praca przyniosłaby natychmiastowy, wymierny pożytek. Postanowiła, że zaraz po wyjściu z kina zaprosi męża na kawę i opowie mu o swoim pomyśle.

Kiedy na ekranie pojawił się urzędnik rządu salwadorskiego, który w jakimś nudnym przemówieniu tłumaczył się z popełnionych niegodziwości, Mari poczuła, że jej serce zaczyna bić szybciej.

Powiedziała sobie, że to nic poważnego. Może zaduch w kinie przytłoczył ją? Postanowiła, że jeśli te objawy nie miną, wyjdzie do holu zaczerpnąć powietrza.

Ale serce biło coraz szybciej i poczuła jak oblewa ją zimny pot.

Przeraziła się, próbowała skupić uwagę na filmie, w nadziei, że oddali od siebie niepokój. Ale nie była w stanie śledzić tego, co działo się na ekranie. Widziała obrazy i napisy, ale ona sama znalazła się jakby w zupełnie innej rzeczywistości, gdzie wszystko było obce, odległe i należało do nieznanego świata.

– Źle się czuję – powiedziała do męża.

– Wyjdźmy stąd – zaproponował.

Gdy chwycił rękę żony, by pomóc się jej podnieść, poczuł, że była lodowato zimna.

– Nie zdołam stąd wyjść. Błagam, powiedz mi, co się ze mną dzieje?!

Mąż przestraszył się nie na żarty. Twarz Mari była mokra od potu, jej oczy dziwnie błyszczały.

– Uspokój się. Pójdę wezwać lekarza.

Była zrozpaczona. Słowa miały jakiś sens, ale cała reszta: kino, mrok, ludzie siedzący jedni obok drugich i wpatrzeni w połyskujący ekran – wszystko to wydawało się jej zatrważające. Miała pewność, że żyje, mogła nawet dotknąć życia, jakby było ciałem stałym. Nigdy wcześniej coś takiego jej się nie przydarzyło.

– Pod żadnym pozorem nie zostawiaj mnie tutaj samej. Wstanę i wyjdę razem z tobą. Tylko idź powoli.

Przepraszając ludzi siedzących w tym samym rzędzie, zaczęli przeciskać się w kierunku drzwi wyjściowych. Teraz serce Mari tłukło się w piersiach jak oszalałe i miała pewność, absolutną pewność, że nigdy nie zdoła stąd wyjść. Każdy ruch – stawianie jednej nogi przed drugą, przepraszanie mijanych ludzi, trzymanie się ramienia męża, wdech i wydech – był aktem kalkulacji i było to przerażające. Nigdy w życiu nie bała się tak straszliwie.

„Umrę w kinie".

Wydawało się jej, że pojmuje co się jej przydarzyło, bo parę lat temu, jedna z jej przyjaciółek też umarła w kinie na skutek pęknięcia tętniaka w mózgu.

Tętniaki są jak bomby zegarowe. To małe żylaki, które tworzą się w naczyniach krwionośnych, niczym pęcherzyki w zużytych oponach, i mogą istnieć przez całe życie i nic się nie dzieje. Nikt nie wie, czy ma tętniaka, dopóki nie zostanie on przypadkowo odkryty, na przykład przy okazji radiografii mózgu, wykonywanej z innego powodu, albo gdy pęknie, zalewając wszystko krwią, człowiek wpada wtedy w śpiączkę, która zwykle kończy się szybką śmiercią.

Idąc korytarzem ciemnej sali, przypomniała sobie przyjaciółkę, którą straciła. Najdziwniejsze było to, jak pęknięcie tętniaka upośledziło jej percepcję.

Mari poczuła się tak, jakby przeniesiono ją na obcą planetę. Patrzyła na każdą rzecz, jakby widziała ją po raz pierwszy.

Ogarnął ją przeraźliwy lęk, niewytłumaczalny, wręcz paniczny strach przed samotnością na tej obcej planecie. I przed śmiercią.

„Muszę przestać myśleć. Trzeba udawać, że wszystko jest w porządku i wszystko będzie w porządku".

Starała się zachowywać normalnie i na parę sekund uczucie dziwności osłabło. Od momentu gdy poczuła pierwszy objaw palpitacji do chwili gdy dotarła do drzwi, przeżyła dwie najgorsze minuty swego życia.

Jednak kiedy doszli do oświetlonego korytarza wszystko powróciło. Barwy były za jaskrawe, hałas z zewnątrz wciskał się przez każdą szparę i wszystko było całkiem nierealne. Zaczęła widzieć szczegóły, na które nigdy wcześniej nie zwracała uwagi. Pomyślała, że ostro widzi się tylko w małym obszarze, na którym koncentruje się oko, reszta zaś pozostaje całkiem mglista.

I jeszcze pomyślała, że wszystko co widzi wokół, to tylko obraz powstały w jej mózgu pod wpływem bodźców elekrycznych, wzbudzonych przez światło wnikające przez galaretowate ciało, zwane okiem.

Nie. Musi przestać myśleć w ten sposób, bo inaczej całkiem zwariuje.

W tym momencie strach przed tętniakiem minął. Wyszła z sali projekcyjnej i nadal żyła, a jej przyjaciółka zmarła, zanim zdążyła ruszyć się z krzesła.

– Wezwę karetkę – powiedział mąż, widząc bladość twarzy i bezbarwne wargi Mari.

– Sprowadź taksówkę – poprosiła, wsłuchując się w dźwięki wychodzące z jej ust, świadoma wibracji każdej struny głosowej.

Pojechać do szpitala oznaczało przyjąć do wiadomości, że jest z nią naprawdę źle. Mari była zdecydowana walczyć aż do ostatniej minuty, by wszystko wróciło do normy.

Wyszli z kina. Kiedy Mari poczuła dobroczynny, przenikliwy chłód, zaczęła odzyskiwać panowanie nad sobą, choć panika i niewytłumaczalny strach nie opuszczały jej. Podczas gdy jej mąż usiłował rozpaczliwie złapać taksówkę, ona usiadła na słupku oddzielającym chodnik od ulicy i starała się nie patrzeć na nic, bo wszystko wokół – bawiący się chłopcy, przejeżdżający autobus, dźwięki muzyki dochodzącej z wesołego miasteczka – wydawało się jej całkowicie surrealistyczne, przerażające, nierzeczywiste.

W końcu pojawiła się taksówka.

– Proszę jechać do szpitala – powiedział mąż, pomagając Mari wsiąść do środka.

– Do domu, na miłość Boską! – poprosiła. Dość miała obcych miejsc, rozpaczliwie potrzebowała czegoś znanego, bliskiego, co pomogłoby jej zapanować nad strachem.

Podczas gdy taksówka wiozła ich do domu, łomotanie serca słabło i ciało odzyskiwało normalną temperaturę.

– Już mi lepiej – odezwała się do męża. – Musiało mi coś zaszkodzić.

Gdy dotarli do domu, świat znów wyglądał tak, jakim go znała od dzieciństwa. Mąż podszedł do telefonu, więc spytała go, co zamierza zrobić.

– Wezwać lekarza.

– Nie ma potrzeby. Spójrz na mnie. Już dobrze się czuję.

Minęła bladość jej twarzy, serce biło normalnie, a niekontrolowany strach zniknął.

Tamtej nocy spała ciężko i obudziła się z przeświadczeniem, że ktoś dosypał jakiegoś narkotyku do kawy, którą piła z mężem przed wejściem do kina. Pomyślała, że padła ofiarą niebezpiecznego figla i że poprosi prokuratora, żeby poszedł z nią do baru, bo trzeba wykryć autora takich nieodpowiedzialnych żartów.

Poszła jednak do kancelarii, rozpatrzyła kilka zaległych spraw i rzuciła się w wir najróżniejszych zajęć, bowiem doświadczenia ubiegłego wieczoru nie minęły bez echa – była wciąż nieco przestraszona i musiała udowodnić sobie samej, że to się nie powtórzy nigdy więcej.

Wymieniła z jednym z kolegów opinie na temat filmu o Salwadorze i napomknęła mimochodem, że jest zmęczona robieniem codziennie tego samego.

– Być może nadszedł już czas, bym przeszła na emeryturę.

– Jesteś tu najlepsza – odpowiedział. – Adwokatura jest jedną z tych rzadkich profesji, gdzie wiek działa na naszą korzyść. Dlaczego nie weźmiesz dłuższego urlopu? Jestem pewien, że wróciłabyś do pracy pełna entuzjazmu.

– Chciałabym dokonać radykalnej zmiany w swoim życiu. Przeżyć jakąś przygodę, pomóc innym, zrobić coś, czego dotąd nie robiłam.

Ale na tym rozmowa się urwała. Mari wyszła z biura, poszła na plac, zjadła obiad w restauracji droższej niż ta, do której zazwyczaj chodziła i wróciła wcześniej do kancelarii. Ta chwila była punktem zwrotnym w jej życiu zawodowym – zaczęła się z niego wycofywać.

Reszta pracowników jeszcze nie wróciła, wykorzystała więc czas na przejrzenie dokumentów leżących na biurku. Otworzyła szufladę, by sięgnąć po pióro, które zawsze odkładała w to samo miejsce i go tam nie znalazła. Przemknęła jej myśl, że chyba zachowuje się w dziwny sposób, bo nie odłożyła pióra na swoje miejsce.

I to wystarczyło, by jej serce zaczęło walić jak oszalałe i koszmar minionego wieczoru wrócił z taką samą siłą.

Była jak sparaliżowana. Promienie słońca przeciskające się przez żaluzje wydobywały kolory, które stały się żywsze i jaskrawsze, a ona sama miała wrażenie, że umrze lada moment. Wszystko stało się całkiem obce, co tu właściwie robiła w tym biurze?

„Mój Boże, nie wierzę w Ciebie, ale pomóż mi!" – błagała w duchu.

Znów oblała się zimnym potem i zrozumiała się, że nie jest w stanie zapanować nad strachem. Gdyby teraz ktoś wszedł i zauważył jej przerażone spojrzenie – byłaby zgubiona.

„Potrzebuję powietrza!".

Wczoraj świeże powietrze pomogło jej, ale jak tu dotrzeć do wyjścia? Znów postrzegała w najdrobniejszych szczegółach każdą czynność swego organizmu: rytm oddechu (momentami czuła, że jeśli nie zmusi się do wdechu i wydechu, to ciało samo z siebie nie będzie w stanie tego dokonać), ruchy głowy (obrazy poruszały się, jakby filmowane wirującą kamerą telewizyjną), serce bijące coraz bardziej, ciało oblepione lodowatym potem. I przerażenie. Niewytłumaczalny, gigantyczny strach przed wykonaniem najmniejszego gestu, jakiegokolwiek kroku, przed opuszczeniem miejsca, w którym siedziała.

„To przejdzie".

Wczoraj przeszło. Ale teraz była w pracy, co robić? Spojrzała na zegarek – absurdalny mechanizm z dwiema wskazówkami kręcącymi się na wspólnej osi.

„Nie wolno mi o tym myśleć, bo zwariuję".

Wariatka. Być może to było właściwe słowo na określenie jej stanu. Zbierając wszystkie siły, Mari podniosła się i poszła do toalety. Szła do niej minutę, która zdawała się wiecznością. Umyła twarz i wrażenie obcości zmniejszyło się, choć strach jej nie opuszczał.

„To minie – powtarzała sobie. – Wczoraj przecież minęło".

Pamiętała, że ubiegłego wieczoru atak trwał około pół godziny. Zamknęła się w jednej z toalet, usiadła na sedesie i zwiesiła głowę między nogi. W tej pozycji walenie serca stało się głośniejsze i Mari szybko się wyprostowała.

„To minie".

Siedziała tam, przerażona, że nie poznaje siebie samej i że jest nieodwracalnie stracona. Słyszała kroki ludzi wchodzących i wychodzących z toalety, odgłos odkręcanych i zakręcanych kranów, błahe rozmowy o głupstwach. Od czasu do czasu ktoś próbował otworzyć drzwi jej kabiny, ale wtedy wydawała z siebie jakiś pomruk i osoba odchodziła. Szum spłuczek był tak przeraźliwy, że wydawało się jej, że woda rozsadzi budynek i porwie wszystkich do piekła.

Ale – tak jak przewidywała – strach minął i rytm serca wracał do normy. Na szczęście jej sekretarka była na tyle gamoniowata, że nawet nie zauważyła nieobecności Mari, bo inaczej cała kancelaria byłaby już w toalecie, pytając ją, jak się czuje.

Gdy odzyskała panowanie nad sobą, otworzyła drzwi, długo myła twarz i wróciła do gabinetu.

– Starł się pani makijaż – zauważyła jedna ze stażystek. – Czy chce pani moją puderniczkę?

Mari nie zadała sobie trudu, by odpowiedzieć. Wzięła torebkę, swoje rzeczy osobiste i oznajmiła sekretarce, że idzie do domu.

– Ale mamy tyle wyznaczonych spotkań! – zaprotestowała sekretarka.

– Pani nie jest od wydawania poleceń, ale od ich

wypełniania. Niech pani zrobi dokładnie to, co mówię: proszę odwołać spotkania.

Sekretarka nie spuszczała wzroku z kobiety, z którą pracowała od blisko trzech lat i która nigdy dotąd nie zachowała się nieuprzejmie. Musiało się zdarzyć coś poważnego. Być może ktoś jej powiedział, że mąż jest w domu z kochanką i chce ich przyłapać na gorącym uczynku.

„To wytrawny adwokat, wie, co robi – pomyślała. – Z pewnością jutro pani mecenas przeprosi za wszystko".

Nie było żadnego jutra. Tego wieczora Mari odbyła długą rozmowę z mężem i opisała mu wszystkie objawy, które odczuwała. Wspólnie doszli do wniosku, że palpitacje serca, zimne poty, poczucie obcości, bezsilność, brak kontroli – można było określić jednym słowem: strach.

Zastanawiali się, co się dzieje. On pomyślał, że to rak mózgu, ale nic nie powiedział. Ona pomyślała, że to przeczucie czegoś strasznego i też nie powiedziała nic. Starali się znaleźć jakiś sposób na logiczną i rozsądną rozmowę. Rozmowę godną dorosłych ludzi.

– Może dobrze byłoby, gdybyś zrobiła jakieś badania.

Mari zgodziła się pod jednym warunkiem: nikt, nawet dzieci, nie mogą się o niczym dowiedzieć.

Następnego dnia poprosiła o miesiąc bezpłatnego urlopu, który jej przyznano. Mąż zamierzał zabrać ją do Austrii, znanej ze specjalistów chorób mózgu, ale odmówiła wyjścia z domu. Ataki zdarzały się teraz częściej i trwały dłużej.

Z wielkim trudem, po zażyciu środków uspokajających, dała się w końcu zawieźć do szpitala i poddała serii badań. Nie wykryto nic odbiegającego od normy, wykluczono tętniaka, co uspokoiło Marii.

Ale ataki paniki nadal trwały. Mąż robił zakupy i gotował, ona zapamiętale sprzątała, bo chciała wypełnić myśli czymś innym. Zaczęła czytać wszystkie dostępne podręczniki psychiatrii, ale wkrótce przestała, bo każda opisana tam choroba pasowała do jej objawów.

Co gorsza, choć ataki nie były już dla niej nowością, nadal czuła się przerażona, wyobcowana i wytrącona z równowagi. Poza tym miała poczucie winy wobec męża, który musiał pracować podwójnie i wykonywać wszystkie prace domowe, z wyjątkiem sprzątania.

Dni mijały, nic się nie zmieniało. Mari zaczęła odczuwać i wyrażać głęboką irytację. Z byle powodu traciła panowanie nad sobą i krzyczała, co nieodmiennie kończyło się wybuchami niepowstrzymanego płaczu.

Po miesiącu przyszedł do Mari z wizytą jej wspólnik z kancelarii. Dzwonił codziennie, ale nie odbierała telefonów, albo prosiła męża, by mówił, że jest zajęta. Tego popołudnia po prostu tak długo dzwonił do drzwi, że w końcu mu otworzyła.

Poczęstowała go herbatą, porozmawiali o kancelarii, aż w końcu zapytał, kiedy wróci do pracy.

– Nigdy więcej.

Przypomniał jej rozmowę o Salwadorze.

– Zawsze dawałaś z siebie wszystko, co najlepsze i masz prawo wybrać, co ci się podoba – powiedział bez cienia wyrzutu w głosie. – Myślę jednak, że w tego rodzaju przypadkach praca jest najlepszą terapią. Wyjedź, zwiedź trochę świata, popracuj tam, gdzie sądzisz, że cię potrzebują, ale wiedz, że drzwi kancelarii są zawsze dla ciebie otwarte i że czekamy na ciebie.

Usłyszawszy to Mari wybuchnęła płaczem, co jej się teraz często zdarzało.

Wspólnik poczekał, aż się uspokoi. Jako dobry adwokat nie zapytał o nic. Wiedział, że milczeniem prędzej sprowokuje odpowiedź, aniżeli bezpośrednim pytaniem.

I tak też się stało. Mari opowiedziała mu wszystko, począwszy od historii w kinie, skończywszy na tym, jak histerycznie zachowuje się w stosunku do męża, który tak mocno ją wspiera.

– Jestem wariatką – powiedziała.

– To jedna z możliwości – odparł ze zrozumieniem i czułością. – W tej sytuacji masz wybór: albo leczyć się albo dalej być chora.

– Na to nie ma lekarstwa. Nadal trzeźwo myślę, choć denerwuje mnie, że to trwa już tak długo, ale nie mam klasycznych objawów obłędu, takich jak oderwanie od rzeczywistości, apatia czy niekontrolowana agresja. Odczuwam tylko strach.

– Tak mówią wszyscy wariaci: że są normalni.

Oboje roześmiali się, a Mari zaparzyła nową herbatę. Porozmawiali o pogodzie, o odzyskanej przez Słowenię suwerenności, o stale rosnących napięciach między Chorwacją i Jugosławią. Mari całymi dniami oglądała telewizję i była o wszystkim dobrze poinformowana.

Przy pożegnaniu wspólnik wrócił do tematu.

– Otwarto nowy szpital psychiatryczny w mieście, z obcym kapitałem, gdzie leczenie stoi na najwyższym poziomie – powiedział.

– Leczenie czego?

– Zaburzeń równowagi psychicznej, tak to nazwijmy. A wyolbrzymiony strach jest tego objawem.

Mari obiecała zastanowić się nad tym, ale nie podjęła żadnej decyzji. Ataki paniki trwały jeszcze przez następny miesiąc, aż do dnia, w którym zrozumiała, że rujnuje nie tylko swoje życie, ale i małżeństwo. Znów poprosiła o środki uspokajające i odważyła się, po raz drugi w ciągu dwóch miesięcy, wyjść z domu.

Wzięła taksówkę i pojechała do nowego szpitala. Po drodze taksówkarz zapytał ją, czy jedzie tam kogoś odwiedzić.

– Podobno to bardzo nowoczesny szpital, ale słyszałem też, że zamknięci tam wariaci są niebezpieczni i leczą ich elektrowstrząsami.

– Jadę tylko w odwiedziny – odpowiedziała Mari.

Wystarczyła zaledwie godzina rozmowy, by położyć kres dwumiesięcznemu cierpieniu Mari. Dyrektor instytucji – wysoki mężczyzna o farbowanych na czarno włosach, który przedstawił się jako doktor Igor – wyjaśnił jej, że ma do czynienia z syndromem paniki, chorobą opisaną ostatnio w annałach psychiatrii.

– Co nie znaczy, że choroba jest nowa – wyjaśnił. – Osoby nią dotknięte starały się dotąd ją ukrywać z obawy, że zostaną uznane za wariatów. A to tylko brak równowagi chemicznej w organizmie, podobnie jak w przypadku depresji.

Doktor Igor przepisał jej receptę i polecił, by wróciła do domu.

– Nie chcę teraz wracać – odpowiedziała Mari.- – Mimo tego, co usłyszałam, nie mam dość odwagi, by wyjść na ulicę. Moje małżeństwo stało się piekłem i muszę pozwolić mężowi, by jakoś otrząsnął się po tych miesiącach, które spędził, opiekując się mną.

Jak to zwykle bywało w podobnych przypadkach – jako że akcjonariusze pragnęli, by szpital funkcjonował na pełnych obrotach – doktor Igor wyraził zgodę na hospitalizację, choć jasno zaznaczył, że nie jest ona konieczna.

Mari dostała leki, zajął się nią psycholog i objawy zaczęły słabnąć, aż zanikły zupełnie.

Pogłoska o pobycie Mari w szpitalu obiegła jednak całe miasto. Jej wspólnik, wieloletni przyjaciel, towarzysz niezliczonych chwil radości i niepokoju, odwiedził ją w Villete. Pogratulował jej odwagi, której dała dowód, idąc za jego radą do specjalisty. Po czym wyjaśnił powód swych odwiedzin.

– Być może rzeczywiście nadeszła pora byś przeszła na emeryturę.

Mari zrozumiała, co kryło się za tymi słowami. Nikt nie zechce powierzyć swoich spraw adwokatowi, który leczył się w szpitalu psychiatrycznym.

– Powiedziałeś mi, że praca jest najlepszą terapią. Muszę wrócić, choćby na krótko.

Czekała na jakąś reakcję, ale milczał.

– Sam mi doradzałeś, żebym się zaczęła leczyć. Kiedy myślałam o przejściu na emeryturę, sądziłam że odejdę spełniona zawodowo, zwycięska, z własnej nieprzymuszonej woli. Nie chcę zostawiać pracy w ten sposób, pokonana. Daj mi przynajmniej szansę na odzyskanie szacunku do siebie samej, a wtedy odejdę.

Adwokat chrząknął.

– Sugerowałem ci, żebyś się leczyła, a nie zamykała w zakładzie psychiatrycznym.

– Ale to była kwestia przeżycia! Nie byłam w stanie wyjść na ulicę, moje małżeństwo zawisło na włosku!

Mari wiedziała, że rzuca słowa na wiatr. Cokolwiek by powiedziała, i tak nie zdołałaby go przekonać, w końcu w grę wchodził przecież prestiż kancelarii. Mimo to podjęła ostatnią próbę.

– Spotkałam tutaj dwa rodzaje ludzi: jedni nie mają szans na powrót do społeczeństwa, drudzy zostali całkowicie wyleczeni, ale wolą udawać wariatów, by nie stawiać czoła odpowiedzialności związanej z życiem. Ja chcę, ja muszę znów siebie zaakceptować, muszę udowodnić sobie, że jestem w stanie sama podejmować decyzje, które mnie dotyczą. Nie pozwolę, by mnie popychano w kierunku, którego nie wybrałam.

– Mamy prawo popełniać w życiu wiele błędów – odezwał się adwokat. – Oprócz jednego: tego, który niszczy nas samych.

Nie było po co ciągnąć tej rozmowy. Jego zdaniem Mari popełniła kardynalny błąd.

W dwa dni później zaanonsowano jej wizytę innego adwokata – tym razem z innej kancelarii, uchodzącej za największego rywala jej – niestety byłych – kolegów. Mari ożywiła się. Być może dowiedział się, że nie ma żadnych zobowiązań i będzie chciała przyjąć nową posadę i oto stoi przed nią szansa odzyskania swego miejsca w życiu.

Adwokat wszedł do sali wizyt, usiadł naprzeciw niej, uśmiechnął się, zapytał o samopoczucie i wyjął plik papierów z teczki.

– Reprezentuję interesy pani męża – powiedział. – Oto pozew rozwodowy. Oczywiście mąż będzie nadal pokrywał wszelkie wydatki związane z pani pobytem w szpitalu tak długo, jak będzie to konieczne.

Tym razem Mari nie zareagowała. Podpisała wszystko, choć wiedziała, że zna prawo na tyle, by móc przedłużać tę sprawę w nieskończoność. Po czym poszła do gabinetu doktora Igora i powiedziała, że objawy panicznego strachu wróciły. Doktor Igor wiedział, że kłamie, ale przedłużył jej hospitalizację na czas nieokreślony.

Weronika chciała pójść spać, ale Edward nadal stał przy pianinie.

– Edwardzie, jestem zmęczona. Chce mi się spać.

Z przyjemnością grałaby dalej dla niego, wydobywając ze swojej pamięci wszystkie sonaty, requiem, adagia, jakie tylko znała, bo on potrafił podziwiać, niczego nie żądając w zamian. Ale jej ciało odmawiało już posłuszeństwa.

Był tak pięknym mężczyzną! Gdyby choć na chwilę wyszedł ze swego świata i popatrzył na nią jak na kobietę, wtedy jej ostatnie noce na tej ziemi mogłyby być najpiękniejsze w jej życiu. Tylko Edward umiał dostrzec w niej duszę artysty. Muzyka sprawiła, że wytworzyła się między nimi więź, jaka jej nigdy z nikim nie łączyła.

Edward był mężczyzną idealnym. Był to człowiek wrażliwy, wykształcony, który zniszczył nieciekawy świat, by go stworzyć na nowo w swojej głowie, wypełniając nowymi barwami, postaciami, historiami. I w tym jego nowym świecie była kobieta, pianino i księżyc, który nie przestawał ogromnieć.

– Mogłabym się teraz zakochać i oddać ci wszystko, co mam – powiedziała świadoma tego, że Edward nie jest w stanie pojąć sensu jej słów. – Prosisz mnie tylko o muzykę, ale ja jestem kimś więcej, aniżeli sądziłam, i chciałabym podzielić się z tobą innymi sprawami, które ledwo zaczęłam rozumieć.

Edward uśmiechnął się. Czyżby to do niego dotarło? Weronika przestraszyła się – zgodnie z zasadami dobrego wychowania nie wolno mówić wprost o miłości, a już nigdy mężczyźnie widzianym zaledwie parę razy. Jednak mówiła dalej, bo nic nie miała do stracenia.

– Jesteś jedynym mężczyzną pod słońcem, w którym mogłabym się zakochać, Edwardzie. Z tej prostej przyczyny, że gdy umrę, nie będzie ci mnie brakować. Nie wiem, co czuje schizofrenik, ale z pewnością nie cierpi z tęsknoty za kimkolwiek.

Może na początku zdziwi cię trochę, że w nocy nie słychać muzyki. Ale ilekroć pojawi się księżyc, znajdzie się ktoś, kto zagra jakąś sonatę, zwłaszcza w szpitalu psychiatrycznym, gdzie wszyscy są „lunatykami".

– Mnie też nie będzie ciebie brakować, Edwardzie, bo nie będę żyła, odejdę daleko stąd. I skoro nie boję się, że cię stracę, nie obchodzi mnie, co sobie o mnie pomyślisz. Grałam dziś dla ciebie jak zakochana kobieta. I było mi cudownie. To najpiękniejsze chwile mego życia.

Popatrzyła na Mari spacerującą po parku i przypomniała sobie jej słowa. Znów spojrzała na stojącego przed nią chłopaka.

Zdjęła sweter, zbliżyła się do Edwarda. Jeśli ma to zrobić, niech się to stanie teraz. Mari nie wytrzyma długo na mrozie i wkrótce wróci.

Chłopak cofnął się. W jego oczach czaiło się całkiem inne pytanie: Kiedy ona znów usiądzie do pianina? Kiedy zagra inny fragment muzyki zdolny wypełnić mu duszę barwami, cierpieniem, bólem i radością tych szalonych kompozytorów, których dzieła przetrwały tyle pokoleń?

– Ta kobieta, która jest teraz na dworze powiedziała mi: „Masturbuj się. Idź tam w rozkoszy, dokąd chcesz dojść". Czyżbym mogła pójść dalej, niż dotąd mi się udawało?

Wzięła Edwarda za rękę i chciała poprowadzić go w stronę kanapy, ale grzecznie odmówił. Wolał stać tam, gdzie stał, obok pianina i czekać cierpliwie, aż znowu zacznie grać.

Z początku zbiło ją to z tropu, ale wnet przypomniała sobie, że przecież nie ma już nic do stracenia. Przecież już właściwie nie żyła, na cóż więc karmić stare lęki i przesądy, które zawsze ją ograniczały? Zdjęła bluzkę, spodnie, stanik, majtki i stanęła przed nim naga.

Edward uśmiechnął się. Delikatnie wzięła go za rękę i położyła ją na swoim łonie, lecz jego ręka była jak martwa. Weronika zmieniła zamiar, odsunęła od siebie jego dłoń.

Coś podniecało ją o wiele bardziej, aniżeli kontakt fizyczny z tym mężczyzną – była to świadomość, że może robić to, co chce, bo nie istnieją żadne ograniczenia. Z wyjątkiem kobiety spacerującej na zewnątrz, która mogła wejść w każdej chwili, wszyscy inni spali.

Krew zaczęła krążyć szybciej w jej żyłach i zimno, które czuła rozbierając się, zniknęło. Stali oboje naprzeciw siebie twarzą w twarz: ona naga, on całkowicie ubrany. Weronika zaczęła się masturbować. Już to kiedyś robiła, sama, albo ze swoimi partnerami, ale nigdy w takiej sytuacji jak teraz, gdy mężczyzna nie przejawiał cienia zainteresowania tym, co się działo.

Było to bardzo podniecające. Dotykała swego łona, piersi, włosów, nie po to, aby wyrwać tego chłopaka z jego odległego świata, ale przede wszystkim dlatego, że nigdy przedtem nie doświadczyła takiej rozkoszy.

Zaczęła mówić rzeczy nie do pomyślenia, jakie jej rodzice, przyjaciele, przodkowie uznaliby za najbardziej sprośne. Nadszedł pierwszy orgazm i musiała zagryźć wargi, aby nie krzyczeć z upojenia.

Edward utkwił w niej wzrok. Nowy błysk pojawił się w jego oczach, zdawało się, że coś pojmuje, może czuł energię, ciepło, pot, zapach, które emanowały z jej ciała. Weronika nie była jeszcze zaspokojona. Uklękła i zaczęła znów się pieścić.

Chciała umrzeć z rozkoszy, myśląc i robiąc to, co od zawsze było zakazane. Błagała mężczyznę, aby jej dotknął, by nią zawładnął, by zrobił z nią wszystko, na co tylko przyjdzie mu ochota. Zapragnęła, by znalazła się przy niej Zedka, bo kobieta, jak żaden mężczyzna, wie jak pieścić ciało innej kobiety. Zna przecież wszystkie jego sekrety.

Klęcząc przed tym stojącym ciągle mężczyzną, czuła, że jest w jego posiadaniu, że jest przez niego opętana. Używała mocnych słów, aby opisać to, co chciała, aby z nią zrobił. Nadchodził nowy orgazm, tym razem silniejszy od poprzednich, czuła się tak, jakby wszystko wokół miało eksplodować. Przypomniał jej się poranny atak serca, lecz nie miało to najmniejszego znaczenia – pragnęła umrzeć teraz. Miała ochotę dotknąć penisa Edwarda, ale nie chciała pod żadnym pozorem zniszczyć piękna tej chwili. Szła coraz dalej, bardzo daleko, właśnie tak, jak doradzała jej Mari.

Zdawało się jej, że jest królową i niewolnicą, panującą i okiełznaną. W swej erotycznej fantazji kochała się z mężczyznami białej, czarnej i żółtej rasy, z homoseksualistami i żebrakami. Należała do nich wszystkich i wolno im było robić z nią wszystko. Nadchodziły kolejne orgazmy. Wyobrażała sobie to, czego nie mogła wyobrazić sobie nigdy przedtem i oddała się temu, co najnikczemniejsze i najczystsze. W końcu, nie mogąc się dłużej powstrzymać, zaczęła wyć w ekstazie i z bólu ciągłych orgazmów doznawanych ze wszystkimi mężczyznami i kobietami, wdzierającymi się do jej ciała przez bramy jej umysłu.

Położyła się na podłodze zlana potem, z duszą wypełnioną spokojem. Dotąd przed samą sobą skrywała najskrytsze pragnienia, nie wiedząc nigdy, dlaczego, ale nie potrzebowała już odpowiedzi.

Powoli świat wracał na swoje miejsce i Weronika podniosła się. Edward przez cały czas stał nieruchomo, ale coś w nim zdawało się odmienione: w jego oczach malowała się czułość.

„Było mi tak cudownie, że potrafię dostrzec miłość wszędzie, nawet w oczach schizofrenika".

Kiedy zaczęła się ubierać, poczuła obecność kogoś trzeciego.

To była Mari. Weronika nie wiedziała, kiedy Mari weszła, ani co usłyszała i zobaczyła, ale mimo to, nie czuła ani wstydu ani lęku. Popatrzyła tylko na nią tak, jak się patrzy na osoby zanadto nam bliskie.

– Posłuchałam twojej rady – odezwała się. – I dotarłam bardzo daleko.

Mari milczała. Właśnie przeżyła po raz wtóry bardzo ważne chwile swego życia i nie czuła się najlepiej. Być może nadszedł już czas, by wrócić do świata zewnętrznego, stawić czoła tamtym sprawom, powiedzieć sobie, że wszyscy, nawet ci, którzy nigdy nie byli w domu wariatów, mogą należeć do wielkiego Bractwa.

Jak choćby ta dziewczyna, która znalazła się w Villete tylko dlatego, że targnęła się na własne życie. Ona nigdy nie poznała, co to panika, depresja, mistyczne wizje, psychozy, krańce, do których może dotrzeć ludzki umysł. Choć spotkała wielu mężczyzn, to jednak nigdy nie dotarła do granic swych najskrytszych pragnień i tak naprawdę niemal połowa jej życia pozostawała dla niej wielką niewiadomą. Och, gdyby tak każdy mógł poznać swoje wewnętrzne szaleństwo i żyć z nim! Czy świat byłby przez to gorszy? Nie, ludzie byliby sprawiedliwsi i bardziej szczęśliwi.

– Dlaczego nigdy dotąd tego nie robiłam? – spytała Weronika.

– On chce, żebyś mu jeszcze zagrała – odezwała się Mari, patrząc na Edwarda. – Myślę, że na to zasługuje.

– Dobrze, zagram napewno, ale odpowiedz mi: dlaczego nigdy dotąd tego nie robiłam? Skoro jestem wolna i mogę myśleć, co mi się podoba, to dlaczego zawsze powstrzymywałam się przed wyobrażaniem sobie tego, co zakazane?

– Zakazane? Posłuchaj: byłam adwokatem i znam prawo. Byłam też katoliczką i znam na pamięć całe fragmenty Biblii. O co ci chodzi, mówiąc: „zakazane"?

Mari zbliżyła się do Weroniki i pomogła jej założyć sweter.

– Popatrz mi prosto w oczy i zapamiętaj to, co ci powiem. Istnieją tylko dwie zakazane rzeczy – jedna przez ludzkie prawo, druga przez boskie. Nigdy nie zmuszaj nikogo do stosunku – bo to jest uznawane za gwałt. I nigdy nie próbuj tego z dziećmi, bo to największy z grzechów. Poza tym, jesteś wolna. Zawsze znajdzie się ktoś, kto pragnie dokładnie tego samego, co ty.

Mari nie miała więcej cierpliwości, by uczyć czegokolwiek ważnego kogoś, kto miał wkrótce umrzeć. Uśmiechając się, powiedziała dobranoc i odeszła.

Edward ani drgnął, czekał na muzykę. Weronika musiała mu się odwdzięczyć za niezwykłą rozkosz, jaką jej dała sama jego obecność, i to, że patrzył na jej szaleństwo bez cienia lęku czy wstrętu. Usiadła do pianina i zaczęła grać.

Było jej lekko na duszy, nawet przestał ją dręczyć strach przed śmiercią. Przeżyła to, co zawsze ukrywała sama przed sobą. Doświadczyła rozkoszy dziewicy, prostytutki, niewolnicy i królowej – bardziej niewolnicy niźli królowej.

Tej nocy, jakby cudem, przypomniała sobie wszystkie melodie, które kiedykolwiek znała i sprawiła, że Edward zaznał rozkoszy niemal tak wielkiej jakiej ona zaznała.

Gdy doktor Igor przyszedł rano do szpitala, ku swojemu zaskoczeniu zastał Weronikę siedzącą w poczekalni przed jego gabinetem.

– Jest jeszcze bardzo wcześnie, a ja przez cały dzień będę dziś bardzo zajęty.

– Wiem, że jest wcześnie – odezwała się. – A dzień jeszcze się nie zaczął. Muszę z panem chwilę porozmawiać, tylko chwilę. Potrzebuję pańskiej pomocy.

Miała podkrążone oczy, pobladłą skórę – typowe oznaki nieprzespanej nocy.

Doktor Igor postanowił ją przyjąć. Poprosił, aby usiadła, zapalił światło na biurku i odsunął zasłony. Za niecałą godzinę zacznie świtać, wtedy będzie mógł oszczędzać elektryczność. Akcjonariusze ciągle niepokoili się wydatkami, nawet najmniejszymi.

Zajrzał do kalendarza. Zedka przeszła ostatni

szok insulinowy i zareagowała dobrze – albo raczej udało się jej przeżyć jeszcze jedną sesję tej nieludzkiej terapii. Co za szczęście, że w tym szczególnym przypadku doktor Igor wymógł na Radzie szpitala, by podpisała oświadczenie, w którym brała na siebie odpowiedzialność za skutki tej metody.

Potem przejrzał jeszcze sprawozdanie z minionej nocy, w którym pielęgniarze donosili o agresywnym zachowaniu dwóch czy trzech pacjentów, między innymi Edwarda, który wrócił do oddziału o czwartej nad ranem i odmówił przyjęcia proszków nasennych. Doktor Igor musiał przedsięwziąć jakieś środki zaradcze – nawet jeśli od środka Villete było liberalne, na zewnątrz trzeba było zachować pozory instytucji konserwatywnej i surowej.

– Chciałabym pana prosić o coś bardzo ważnego – odezwała się dziewczyna.

Ale doktor Igor puścił jej słowa mimo uszu. Wziął stetoskop i zaczął osłuchiwać jej płuca i serce. Sprawdził jej odruchy i zajrzał w głąb źrenic za pomocą małej kieszonkowej latarki. Zauważył, że objawy zatrucia Vitriolem – czy Goryczą, jak wolał to nazywać – prawie całkowicie zanikły.

Sięgnął po telefon i poprosił pielęgniarkę, by przyniosła lekarstwo o jakiejś skomplikowanej nazwie.

– Podobno wczoraj wieczorem odmówiłaś przyjęcia zastrzyku – powiedział.

– Tak, ale czuję się już lepiej.

– Widać to dokładnie na twojej twarzy: podkrążone oczy, zmęczenie, brak refleksu. Jeśli chcesz wykorzystać tę resztkę czasu, jaka ci została, to stosuj się do moich zaleceń.

– Właśnie po to tu przyszłam. Chcę wykorzystać ten czasu po swojemu. Ile jeszcze mi go zostało?

Doktor Igor spojrzał na nią znad okularów.

– Może mi pan odpowiedzieć szczerze? – nalegała. – Nie boję się, ale też nie jest mi to obojętne. Chcę żyć, ale wiem, że to nie wystarczy i pogodziłam się ze swym losem.

– Czego więc chcesz?

Weszła pielęgniarka ze strzykawką. Gdy doktor Igor skinął głową, podciągnęła delikatnie rękaw swetra Weroniki.

– Ile czasu mi jeszcze zostało? – zapytała ponownie Weronika.

– Dwadzieścia cztery godziny. Może mniej.

Spuściła oczy i zagryzła wargi. Ale wciąż panowała nad sobą.

– Chciałam pana prosić o dwie przysługi. Po pierwsze, aby zaordynował mi pan jakiś środek, zastrzyk, wszystko jedno co, bylebym nie zasnęła i mogła wykorzystać każdą minutę, jaka jeszcze mi została. Jestem senna, ale nie chcę spać. Mam tyle do zrobienia, tyle spraw, które zawsze odkładałam na później, wtedy gdy sądziłam, że życie jest wieczne. Spraw, którymi przestałam się interesować, kiedy uznałam, że nie warto żyć.

– A jaka jest druga prośba?

– Chciałabym stąd wyjść i umrzeć na zewnątrz. Muszę zwiedzić zamek w Ljubljanie, który widziałam zawsze z daleka, ale nigdy mnie nie ciekawił na tyle, by zobaczyć go z bliska. Chcę porozmawiać z kobietą, która zimą sprzedaje pieczone kasztany, a wiosną kwiaty. Tyle razy spotykałyśmy się i nigdy nie zapytałam jej, jak się miewa? Zawsze wychodziłam z domu ciepło opatulona z obawy przed katarem, teraz mam ochotę przejść się po śniegu bez kurtki, by poczuć, co to przenikliwe zimno.

Chcę wreszcie, panie doktorze, poczuć krople deszczu na policzkach i uśmiechać się do mężczyzn, którzy mi się spodobają i przyjąć od nich wszystkie zaproszenia na kawę. Muszę ucałować moją matkę, powiedzieć, że ją kocham i wypłakać się w jej ramionach, okazując uczucia bez wstydu, bo one zawsze były we mnie, tylko je ukrywałam.

Może wstąpię do kościoła, popatrzę na malowidła, które nigdy mi nic nie mówiły, a które w końcu może coś mi powiedzą. Jeśli jakiś mężczyzna zaprosi mnie na dyskotekę, nie odmówię i przetańczę całą noc, aż padnę z wyczerpania. Potem pójdę z nim do łóżka, ale nie będę, jak dotąd, starać się panować nad sobą i udawać to, czego nie czuję. Pragnę oddać się mężczyźnie, miastu, życiu i na koniec – śmierci.

Gdy Weronika zamilkła, zapadła ciężka cisza. Lekarz i pacjentka patrzyli sobie w oczy, pogrążeni w myślach, być może o niezliczonych możliwościach, jakie mogą przynieść dwadzieścia cztery godziny życia.

– Mogę dać ci środki stymulujące, ale odradzam ci ich użycia – odezwał się w końcu doktor Igor. – Oddalą co prawda sen, ale jednocześnie odbiorą ci spokój potrzebny do przeżycia tego, co zamierzasz.

Weronika poczuła się gorzej. Ilekroć dostawała ten zastrzyk, coś złego się z nią działo.

– Jesteś coraz bledsza. Może byłoby lepiej, gdybyś się teraz położyła, a do rozmowy wrócimy jutro.

Znów miała ochotę wybuchnąć płaczem, ale powstrzymała się.

– Nie będzie żadnego jutra i pan dobrze o tym wie. Jestem zmęczona, doktorze, strasznie zmęczona. Dlatego prosiłam o lekarstwa. Tej nocy nie zmrużyłam oka, rozdarta między rozpaczą a rezygnacją. Strach mógłby wywołać kolejny atak histerii, jak wczoraj, ale na cóż by to się zdało? Skoro zostały mi dwadzieścia cztery godziny życia i tyle jeszcze spraw przede mną, postanowiłam, że lepiej odrzucić rozpacz.

Doktorze, proszę, żeby mi pan pozwolił przeżyć tę odrobinę czasu, jaką jeszcze mam, bo oboje wiemy, że jutro może już być za późno.

– Idź teraz się przespać – powtórzył lekarz. – I przyjdź do mnie w południe. Wrócimy wtedy do tej rozmowy.

Weronika zrozumiała, że nie ma innego wyjścia.

– Pójdę spać i wrócę. Ale czy mogę zająć panu jeszcze parę minut?

– Parę minut, nie więcej. Mam dzisiaj wiele spraw.

– Powiem wprost. Wczoraj w nocy, po raz pierwszy masturbowałam się bez żadnych zahamowań. Myślałam o wszystkim, o czym nigdy nie śmiałam pomyśleć, odkryłam rozkosz w tym, co dotychczas mnie przerażało, wręcz napawało wstrętem.

Doktor Igor przyjął postawę jak najbardziej służbową. Nie miał pojęcia, dokąd prowadzi ta rozmowa i nie chciał ściągać na swoją głowę kłopotów z przełożonymi.

– Odkryłam, że jestem zepsuta, doktorze. Chciałabym wiedzieć, czy przyczyniło się to do mojej próby samobójstwa? Jest we mnie tyle nieznanych obszarów.

„Uff! Chodzi tylko o moją opinię – pomyślał z ulgą. – Nie muszę wzywać na świadka pielęgniarki, żeby uniknąć procesu o molestowanie seksualne".

– Wszyscy szukamy nowych doświadczeń – odpowiedział. – Nasi partnerzy również. I gdzie tu problem?

– Niech mi pan odpowie, doktorze.

– Problem tkwi w tym, że jeśli wszyscy marzą, a tylko nieliczni wprowadzają te marzenia w czyn, to reszta czuje się tchórzami.

– Nawet jeśli ci nieliczni mają rację?

– Rację ma ten, kto jest silniejszy. Paradoksalnie, w tym przypadku, to tchórzliwi wykazują więcej odwagi i udaje im się narzucić swój punkt widzenia.

Doktor Igor nie chciał się dalej zagłębiać w temat.

– Proszę, idź trochę odpocząć. Mam jeszcze innych pacjentów. Jeśli mnie posłuchasz, zobaczę, co da się zrobić w sprawie twojej drugiej prośby.

Dziewczyna wyszła z gabinetu. Następną oczekującą pacjentką była Zedka, która miała zostać wypisana ze szpitala. Doktor Igor poprosił, by chwilę poczekała, bo musiał zrobić notatki z dopiero co odbytej rozmowy.

Powinien koniecznie włączyć do swojej rozprawy o Vitriolu dodatkowy rozdział o seksie. Przecież to jest źródło znacznej części nerwic i psychoz.

Podczas studiów doktor Igor czytał interesujący traktat o odchyleniach seksualnych: sadyzmie, masochizmie, koprofagii, oglądactwie, koprolalii – ich lista była bardzo długa. Na początku sądził, że była to tylko sprawa paru niezrównoważonych osobników, niezdolnych do utrzymania zdrowych związków ze swymi partnerami.

Jednak w miarę praktyki psychiatrycznej, zdał sobie sprawę, że każdy człowiek miał na swoim koncie jakąś osobliwą historię do wyjawienia. Pacjenci siadali w wygodnym fotelu w jego gabinecie, spuszczali wzrok i zaczynali długi wywód o tym, co oni nazywali „chorobą" (tak jakby to nie on był lekarzem!), albo co oni nazywali „zboczeniem" (tak jakby to nie on był psychiatrą upoważnionym do orzekania o tym!).

I jeden po drugim, „normalni" ludzie wyjawiali swoje erotyczne fantazje, opisane w traktacie – dziele, które broniło zresztą prawa każdego do osiągania orgazmu, jak mu się podoba, pod warunkiem, że nie działa się wbrew woli partnera.

Kobiety, które uczyły się w szkołach prowadzonych przez siostry zakonne, marzyły o tym, by być poniżane. Urzędnicy w garniturach i krawatach przyznawali się, że wydają fortuny na prostytutki rumuńskie, jedynie po to, by im lizać stopy. Chłopcy byli zakochani w chłopcach, dziewczęta – w koleżankach ze szkoły. Mężowie, którzy pragnęli oglądać, jak nieznajomi mężczyźni biorą ich żony, kobiety, masturbujące się, ilekroć znajdowały ślad zdrady męża. Porządne matki, które musiały panować nad nagłym impulsem, by nie oddać się pierwszemu lepszemu mężczyźnie, dzwoniącemu do drzwi z przesyłką, ojcowie, opowiadający sekretne przygody z nielicznymi transwestytami, którym udało się przejść przez surową kontrolę graniczną.

I orgie. Wyglądało na to, że wszyscy ludzie pragnęli choć raz w życiu wziąć udział w orgii.

Doktor Igor odłożył na chwilę pióro i zastanowił się – czy on też? Tak, on również by chciał. Orgia, jak sobie wyobrażał, powinna być anarchiczna i radosna, pełna rozkoszy i zamętu; podczas niej powinno zaniknąć poczucie, że ma się kogoś na własność.

Czyżby seks był jednym z głównych przyczyn tak licznych zatruć Goryczą? Małżeństwa były zmuszone do swoistego monoteizmu, gdzie pożądanie seksualne – według badań doktora Igora, skrywanych skrzętnie w jego podręcznej bibliotece – zanika w trzecim czy czwartym roku życia pod jednym dachem. Potem kobieta czuje się odrzucona, mężczyzna – niewolnikiem małżeństwa i Vitriol, Gorycz zaczyna niszczyć wszystko.

Przed psychiatrą ludzie odkrywali się bardziej niż przed księdzem, bo lekarz nie może straszyć piekłem. W swojej długiej karierze psychiatry, doktor Igor słyszał już praktycznie wszystko, co można było opowiedzieć.

Opowiedzieć. Rzadko kiedy *zrobić*. Mimo wieloletniej praktyki, wciąż zadawał sobie pytanie, skąd bierze się w ludziach tak wielki strach przed odmiennością?

Gdy szukał przyczyny, odpowiedź, którą słyszał najczęściej, brzmiała: „Mój mąż pomyśli, że jestem dziwką”. Gdy rozmawiał z mężczyzną, ten niezmiennie odpowiadał: „Moja żona zasługuje na szacunek”.

I na tym zazwyczaj kończyła się rozmowa.

I choć zapewniał, że każdy człowiek ma odmienne upodobania seksualne, tak jak różne są odciski palców, nikt nie chciał mu wierzyć. Nikt nie śmiał być wolnym w łóżku, obawiając się, czy partner go zrozumie.

„Nie zmienię świata – pomyślał zrezygnowany, prosząc pielęgniarkę, by wpuściła Zedkę. – Ale przynajmniej w mojej rozprawie mogę napisać to, co myślę".

Edward zobaczył jak Weronika wychodzi z gabinetu doktora Igora i idzie w stronę oddziału. Chciał wyjawić jej swoje sekrety, otworzyć przed nią duszę, z taką samą szczerością i swobodą, z jaką ona minionej nocy otworzyła przed nim swoje ciało.

Była to jedna z cięższych prób, które musiał przejść, od czasu, gdy zamknięto go w Villete z powodu schizofrenii. Ale zdołał się oprzeć pokusie i był z tego zadowolony, choć zaczynało mu doskwierać pragnienie powrotu do świata.

„Wszyscy wiedzą, że ta dziewczyna nie wyżyje do końca tygodnia. Na nic by się to zdało".

A może właśnie dlatego, byłoby dobrze podzielić się z nią historią swego życia. Od trzech lat rozmawiał tylko z Mari, jednak nie był pewien, czy naprawdę go rozumiała. Sama była matką i musiała w duchu przyznawać rację jego rodzicom, którzy pragnęli tylko jego dobra. Pewnie sądziła, że wizje Raju były głupimi mrzonkami, całkowicie oderwanego od rzeczywistości nastolatka.

Wizje Raju. To one przywiodły go do piekła, wywołując nie kończące się kłótnie z rodziną i poczucie winy tak silne, że nie był w stanie na nic reagować – wtedy schronił się w innym świecie. Gdyby nie Mari, nadal żyłby w osobnej rzeczywistości.

Gdy zjawiła się Mari, zatroszczyła się o niego i sprawiła, że na nowo poczuł się kochany. Dzięki niej był jeszcze w stanie widzieć, co się wokół niego dzieje.

Parę dni temu jakaś dziewczyna usiadła do pianina i zagrała *Sonatę księżycową*. Nie wiedział, czy to za sprawą muzyki czy dziewczyny, czy księżyca, czy czasu spędzonego w Villete, ale poczuł, że wizje Raju znów zaczęły zakłócać mu spokój.

Doszedł aż do oddziału kobiecego, gdzie jakiś pielęgniarz zagrodził mu drogę.

– Nie możesz tu wejść, Edwardzie. Wróć do parku, już świta i zapowiada się piękny dzień.

Weronika obejrzała się.

– Idę się trochę przespać – powiedziała łagodnie. – Porozmawiamy, gdy się obudzę.

Nie wiedziała dlaczego, ale ten chłopak stał się częścią jej świata, czy raczej tej resztki, która z niego została. Miała pewność, że Edward rozumie jej muzykę i podziwia jej talent. Nawet jeśli nie wypowiadał ani słowa, jego oczy mówiły wszystko.

Teraz mówiły to, czego idąc spać, akurat nie chciała usłyszeć.

Mówiły o czułości. I o miłości.

„To przebywanie z chorymi psychicznie sprawi, że wkrótce zwariuję. Schizofrenicy nie mogą mieć takich uczuć wobec istot z tego świata".

Weronika miała ochotę zawrócić i pocałować Edwarda, ale powstrzymała się. Mógł to zobaczyć pielęgniarz, opowiedzieć doktorowi Igorowi, który z pewnością nie pozwoli opuścić Villete kobiecie, która całuje schizofreników.

Edward spojrzał pielęgniarzowi w oczy. Ta dziewczyna pociągała go silniej niż sądził, ale musiał się pilnować. Zamierzał poradzić się Mari, jedynej osoby, której powierzał swoje sekrety. Z pewnością usłyszy od niej to, co chciał usłyszeć: że w tym przypadku miłość jest niebezpieczna i zbędna. Potem Mari poprosi go, aby przestał się wygłupiać i znów stał się normalnym schizofrenikiem (i roześmieje się głośno, bo to zdanie nie będzie miało najmniejszego sensu).

W jadalni przyłączył się do innych chorych, zjadł, co mu podano i wyszedł na przymusowy spacer po parku. Podczas „słonecznych kąpieli" (tego dnia temperatura spadła poniżej zera), próbował podejść do Mari, ale wyglądało na to, że chce zostać sama. Nie potrzebowała nic mówić; Edward wiedział, co to samotność i umiał ją uszanować.

Jakiś nowy pacjent, który z pewnością nie znał tu jeszcze nikogo, zbliżył się do niego.

– Bóg pokarał ludzkość – powiedział. – Zesłał na nią zarazę. Ale ja widziałem Go w mych snach – poprosił, abym przybył zbawić Słowenię.

Edward zaczął się oddalać, ale mężczyzna wykrzykiwał za nim: – Sądzisz, że jestem wariatem? To przeczytaj Ewangelię! Bóg posłał Swego syna i Jego syn przychodzi po raz drugi!

Ale Edward już go nie słuchał. Patrzył na wierzchołki gór i zastanawiał się, co się z nim dzieje.

Dlaczego chciał stąd odejść teraz, gdy w końcu odnalazł od tak dawna poszukiwany spokój? Dlaczego miał ponownie wystawiać na szwank reputację rodziców, gdy wszystkie problemy rodzinne zostały już rozwiązane? Był zdenerwowany, chodził tam i z powrotem, czekając aż Mari wyjdzie ze swego milczenia. Ale tym razem zdawała się być bardziej odległa niż kiedykolwiek.

Wiedział, jak uciec z Villete. Wprawdzie ochrona była surowa, lecz tylko z pozoru, bo przecież gdy ktoś dostał się już raz do środka szpitala, to już nie chciał wracać do zewnętrznego świata. Po spękanym murze od strony wschodniej, można się było wspiąć bez większych trudności. Za nim było pole, a stamtąd po pięciu minutach marszu w kierunku północnym można było wyjść na szosę prowadzącą do Chorwacji. Wojna już się skończyła, bracia znów byli braćmi, granic nie kontrolowano tak dokładnie jak kiedyś i przy odrobinie szczęścia można się było dostać nawet do Serbii w ciągu sześciu godzin.

Edward już wiele razy docierał do autostrady, ale zawsze wracał do Villete, bo nie odebrał jeszcze sygnału, który nakazywałby mu iść dalej. Teraz sytuacja się zmieniła. Sygnał w końcu nadszedł, była nim dziewczyna o zielonych oczach, kasztanowych włosach i wyglądzie kogoś zastraszonego, komu tylko zdaje się, że wie, czego chce.

Edward postanowił iść prosto w kierunku muru, wyjść stąd i zniknąć na zawsze ze Słowenii. Ale dziewczyna spała i musiał się przynajmniej z nią pożegnać.

Po spacerze, gdy Bractwo zebrało się w świetlicy, Edward przyłączył się do nich.

– Co robi tutaj ten wariat? – zapytał najstarszy z grupy.

– Zostaw go – zareagowała Mari. – My też jesteśmy wariatami.

Wszyscy roześmieli się i zaczęli rozmawiać o wczorajszym wykładzie. Rozważali kwestię, czy medytacja sufi może rzeczywiście zmienić świat? Zaczęto wygłaszać teorie, sugestie, rozprawiać o metodach postępowania, sprzecznych ideach, krytykować prelegenta, dyskutować o tym, jak ulepszyć to, co dostało się nam w spadku po minionych pokoleniach.

Edward miał dość tego rodzaju dyskusji. Ludzie zamykali się w szpitalu psychiatrycznym i zaczynali zbawiać świat, nie podejmując najmniejszego ryzyka. Dobrze wiedzieli, że na zewnątrz wydaliby się śmieszni. Każdy z nich miał własną opinię o wszystkim i był przekonany, że tylko jego prawda się liczy. Spędzali na gadaniu całe dnie, noce, tygodnie i lata, nigdy nie przyjmując do wiadomości, że każda idea – dobra czy zła – zaczyna istnieć dopiero wtedy, kiedy próbujemy wprowadzić ją w życie.

Czym jest medytacja sufi? Kim jest Bóg? Co to jest zbawienie, jeśli w ogóle świat ma być zbawiony? Niczym. Gdyby wszyscy i tu, w Villete i tam, na zewnątrz żyli swoim życiem i pozwolili innym robić to samo, Bóg istniałby wszędzie, w każdym ziarenku gorczycy, w najmniejszej chmurce, która pojawia się i zaraz rozwiewa. Bóg jest, a mimo to ludzie sądzą, że trzeba Go nadal szukać, bo trudno im się pogodzić z tym, że życie jest aktem wiary.

Przypomniał sobie wczorajsze proste i oczywiste zalecenie mistrza sufi, które usłyszał, czekając aż Weronika wróci do pianina: patrzeć na różę. Czyż potrzeba więcej?

A mimo to, po głębokiej medytacji, po tym jak dotarli tak blisko do wizji Raju, ci ludzie wciąż dyskutowali, argumentowali, krytykowali, formułowali teorie.

Napotkał wzrok Mari. Spuściła głowę, ale Edward podszedł do niej i chwycił ją za ramię.

– Przestań, Edwardzie.

Mógłby powiedzieć: „Chodź ze mną", ale nie chciał tego robić w obecności tych ludzi – zaskoczyłby ich stanowczy ton jego głosu. Dlatego wolał uklęknąć i błagać ją oczyma.

Zebrani wybuchnęli śmiechem.

– Mari, stałaś się dla niego świętą – skomentował ktoś. – To pewnie zasługa tej wczorajszej medytacji.

Ale lata milczenia nauczyły Edwarda mowy bez słów. Potrafił skupić w spojrzeniu całą swoją energię. Tak jak był całkowicie pewien, że Weronika odgadła jego tkliwość i miłość, tak samo wiedział, że Mari zrozumie jego rozpacz i to, jak bardzo jest mu teraz potrzebna.

Ociągała się jeszcze przez chwilę, ale w końcu wstała i wzięła go za rękę.

– Chodźmy się przejść – powiedziała. – Jesteś zdenerwowany.

Wyszli do parku. Gdy tylko znaleźli się w bezpiecznej odległości, pewni, że nikt ich nie usłyszy, Edward przerwał milczenie.

– Od lat żyję w Villete – powiedział. – Nie przynoszę już wstydu rodzicom, odłożyłem na bok własne ambicje, ale wizje Raju mnie nie opuściły.

– Wiem o tym – odpowiedziała Mari. – Rozmawialiśmy o tym wiele razy. Wiem też do czego zmierzasz – chcesz powiedzieć, że czas stąd odejść.

Edward popatrzył w niebo, czyżby Mari czuła to samo?

– To z powodu tej dziewczyny – ciągnęła Mari. – Widzieliśmy już wielu ludzi, którzy umierali w tym szpitalu, zawsze w chwili, gdy się tego najmniej spodziewali i najczęściej wtedy, gdy stracili wszelką nadzieję. Ale po raz pierwszy zdarzyło się to osobie młodej, ładnej, zdrowej, która mogłaby jeszcze tyle przeżyć.

Weronika jest wśród nas jedyną, która nie chciałaby zostać na zawsze w Villete. I to sprawiło, że zaczęliśmy pytać siebie samych: A my? Czego tu szukamy?

Edward skinął głową.

– Ja też wczoraj w nocy zadałam sobie pytanie, co ja właściwie robię w tym domu wariatów? I stwierdziłam, że o wiele ciekawiej byłoby znaleźć się na placu, na Trzech Mostach, kupować jabłka i rozmawiać o pogodzie na targu przed teatrem. Jasne, że odnalazłabym zapomniane już sprawy: rachunki do zapłacenia, drobne sprzeczki z sąsiadami, ironiczne spojrzenia ludzi, którzy mnie nie rozumieją, samotność, pretensje własnych dzieci. Ale sądzę, że wszystko to stanowi część życia i że można się z tym wszystkim uporać za cenę niepomiernie mniejszą niż ta, którą płacimy, odżegnując się od kłopotów.

Myślę o tym, czy nie pójść dziś do mego byłego

męża, tylko po to, aby mu powiedzieć: „Dziękuję". Co o tym sądzisz?

– Nic. Czy ja też powinienem pójść do domu moich rodziców i powiedzieć im to samo?

– Być może. W istocie tylko my ponosimy winę za to, co zdarza się w naszym życiu. Wielu ludzi przeszło przez te same trudności, co my, ale zareagowało inaczej. My wybraliśmy prostsze wyjście – własną rzeczywistość.

Edward wiedział, że Mari ma rację.

– Mam ochotę zacząć znowu żyć, Edwardzie. Popełniając błędy, które zawsze chciałam popełnić, tylko nigdy nie miałam odwagi. Stawiając czoła panice, która może powrócić, ale spowoduje przecież tylko zmęczenie, bo przecież wiem, że od paniki się nie umiera. Mogę spotkać nowych przyjaciół i nauczyć ich jak stać się szalonym, by być mądrym. Poradzę im, by nie przestrzegali zasad dobrego wychowania, ale by odkryli swoje własne życie, swoje pragnienia, przygody i żeby *Żyli!* Katolikom będę cytowała Eklezjastę, muzułmanom Koran, Torę Żydom, a ateistom teksty Arystotelesa. Nigdy więcej nie chcę być adwokatem, ale mogę wykorzystać moje doświadczenia i dawać wykłady o ludziach, którzy poznali prawdę istnienia, i których pisma można sprowadzić do jednego słowa: „Żyjcie!". Jeśli będziesz żył, Bóg będzie żył z tobą. Jeśli odmówisz podjęcia ryzyka, On wróci do odległego Nieba i stanie się tylko tematem filozoficznych spekulacji.

Wszyscy to wiedzą, ale nikt nie robi pierwszego kroku, może z obawy przed posądzeniem o obłęd. My, Edwardzie, przynajmniej tego się nie boimy. Już przeszliśmy przez Villete.

– Nie możemy jedynie kandydować na prezydenta republiki. Opozycja zaczęłaby grzebać w naszej przeszłości.

Mari uśmiechnęła się i kiwnęła głową.

– Jestem zmęczona takim życiem. Nie wiem, czy uda mi się przezwyciężyć strach, ale mam już dość Bractwa, tego parku, Villete i udawania wariatki.

– Jeśli ja odejdę, to ty też?

– Ty tego nie zrobisz.

– Kilka minut temu prawie odszedłem.

– Sama nie wiem. Zmęczyło mnie to wszystko, ale przyzwyczaiłam się.

– Gdy się tu znalazłem z rozpoznaniem schizofrenii, spędzałaś całe dnie i miesiące, troszcząc się o mnie i traktując mnie jak człowieka. Ja również zdążyłem się już wtedy przyzwyczaić do życia, które postanowiłem wieść w rzeczywistości, którą sam stworzyłem, ale ty mi na to nie pozwoliłaś. Wtedy cię nienawidziłem, ale dzisiaj kocham. Chcę, abyś wyszła z Villete, Mari, tak jak ja wyszedłem z mojego osobnego świata.

Mari odeszła bez słowa.

W małej i rzadko odwiedzanej bibliotece w Villete Edward nie znalazł ani Koranu, ani Arystotelesa, ani innych filozofów, o których wspominała Mari. Ale znalazł tekst pewnego poety:

Dlatego powiedziałem sobie:
Los szaleńca stanie się również moim udziałem.
Idź, jedz swój chleb z radością
i pij ze smakiem swoje wino,
bowiem Bóg przyjął już twoje dzieła.

Niechaj twe szaty zawsze będą białe,
a na twej głowie nigdy nie zbraknie pachnidła.
Raduj się życiem z ukochaną kobietą
we wszystkich dniach próżności,
jakie Bóg ci dał pod słońcem.
Bo oto jest racja przypisana twojemu losowi
i dla niej trudzisz się pod słońcem.
Podążaj ścieżkami swego serca
i za pragnieniem swych oczu,
świadom że Bóg cię rozliczy.

– Bóg rozliczy mnie na koniec – powiedział Edward na głos. – A ja Mu powiem: „Przez pewien czas mojego życia zapatrzyłem się na wiatr, zapomniałem posiać, nie cieszyłem się owocem mych dni, ani nawet nie piłem ofiarowanego mi wina. Ale pewnego dnia stwierdziłem, że jestem gotów i zabrałem się do pracy. Opowiedziałem ludziom moje wizje Raju, tak jak Bosch, Van Gogh, Wagner, Beethoven, Einstein i inni szaleńcy uczynili to przede mną". Na to On odpowie mi, że wyszedłem ze szpitala, by nie oglądać śmierci pewnej młodej dziewczyny, ale ona będzie już wtedy tam, w niebie i ujmie się za mną.

– Co ty wygadujesz? – przerwał mu bibliotekarz.

– Chcę wyjść z Villete, teraz – odpowiedział Edward, tonem dość stanowczym. – Mam wiele do zrobienia.

Bibliotekarz nacisnął na dzwonek i wkrótce zjawili się dwaj pielęgniarze.

– Chcę stąd wyjść – powtórzył Edward, wzburzony. – Czuję się dobrze. Pozwólcie mi porozmawiać z doktorem Igorem.

Ale dwaj mężczyźni już go chwycili pod ręce. Edward próbował wyswobodzić się z ich uścisku, chociaż wiedział, że nie zda się to na nic.

– Masz atak, uspokój się – odezwał się jeden z nich. – Zajmiemy się tobą.

Edward zaczął się szamotać.

– Pozwólcie mi porozmawiać z doktorem Igorem. Mam mu dużo do powiedzenia i jestem pewien, że on mnie zrozumie!

Mężczyźni prowadzili go już na oddział.

– Puśćcie mnie! – krzyczał. – Pozwólcie mi choć przez chwilę porozmawiać z lekarzem!

Aby dojść do oddziału, trzeba było przejść przez świetlicę, gdzie zebrali się wszyscy chorzy. Edward wyrywał się i atmosfera stała się napięta.

– Puśćcie go! To wariat!

Jedni śmiali się, inni walili w stoły i krzesła.

– To jest szpital psychiatryczny! Nikt nie musi się zachowywać tak jak wy!

Jeden z pielęgniarzy szepnął do drugiego:

– Musimy ich nastraszyć, bo inaczej już za chwilę nie będziemy w stanie opanować sytuacji.

– Jest na to tylko jeden sposób.

– Nie spodoba się to doktorowi Igorowi.

– Gorzej będzie jak ta banda pomyleńców rozwali cały ten jego święty przybytek.

Weronika obudziła się nagle, zlana zimnym potem. Wokół panował wielki hałas, a ona potrzebowała ciszy, by dalej spać. Ale wrzaski nie ustawały.

Podniosła się na wpół przytomna i poszła do świetlicy, gdzie zobaczyła Edwarda w ramionach dwóch pielęgniarzy i innych, nadbiegających z przygotowanymi do zastrzyku strzykawkami.

– Co się dzieje? – wykrzyknęła.

– Weronika!

Schizofrenik odezwał się do niej! Wymówił jej imię! Zaskoczona i zawstydzona starała się podejść do Edwarda, lecz drogę zagrodził jej jeden z pielęgniarzy.

– Co to ma znaczyć? Nie jestem tutaj z powodu szaleństwa! Nie macie prawa tak mnie traktować!

Udało się jej odepchnąć pielęgniarza. Chorzy nadal krzyczeli i to ją przerażało. Czy nie powinna iść natychmiast do doktora Igora i zniknąć stąd jak najprędzej?

– Weronika!

Znów ją zawołał. Ponadludzkim wysiłkiem wyswobodził się z uścisku obydwu mężczyzn. Ale zamiast uciekać, stał nieruchomo, tak samo jak minionej nocy. Jak za dotknięciem czarodziejskiej różdżki, wszyscy zamarli w oczekiwaniu na następny ruch.

Jeden z pielęgniarzy ponownie zbliżył się do Edwarda, ale chłopak zebrał całą swoją energię i spojrzał mu prosto w oczy.

– Pójdę z wami. Wiem, dokąd mnie prowadzicie, i wiem również, że zależy wam, aby wszyscy się dowiedzieli. Ale poczekajcie jeszcze chwilę.

Pielęgniarz pomyślał, że warto zaryzykować. Zresztą wszystko zdawało się powoli wracać do normy.

– Wydaje mi się, że ty... Wydaje mi się, że jesteś dla mnie ważna – odezwał się Edward do Weroniki.

– Przecież ty nie możesz mówić. Przecież ty nie żyjesz na tym świecie i nie wiesz, że mam na imię Weronika. Wczoraj w nocy nie było cię ze mną, proszę, powiedz, że ciebie tam nie było!

– Byłem.

Wzięła go za rękę. Wariaci krzyczeli, klaskali, rzucali sprośne żarty.

– Dokąd cię zabierają?

– Na zabieg.

– Pójdę z tobą.

– Nie warto. Przestraszysz się, nawet jeśli ci powiem, że to nic nie boli, że nic się nie czuje, i że jest to o wiele lepsze od wszelkich środków uspokajających, bo szybciej wraca jasność umysłu.

Nie miała pojęcia, o czym on mówi. Żałowała, że wzięła go za rękę, chciała odejść stamtąd jak najszybciej, by ukryć swój wstyd, nie oglądać więcej tego mężczyzny, który był świadkiem tego, co w niej najbardziej plugawe, a mimo to nadal odnosił się do niej z czułością.

Ale przypomniała sobie jednocześnie słowa Mari: nie musi się nikomu tłumaczyć, nawet temu chłopakowi, który stał teraz przed nią.

– Idę z tobą.

Pielęgniarze stwierdzili, że być może tak będzie lepiej, bo nie trzeba już było zabierać tego schizofrenika siłą. Szedł z nimi z własnej woli.

Gdy dotarli na oddział, Edward dobrowolnie położył się na łóżku. Obok dziwnej maszyny i torby pełnej płóciennych pasów czekali już na niego dwaj inni mężczyźni.

Edward odwrócił się w stronę Weroniki i poprosił, by usiadła na sąsiednim łóżku.

– Za kilka minut wiadomość obiegnie całe Villete i wszyscy się uspokoją, bo nawet w najgłębszym szaleństwie drzemie odrobina strachu. Tylko ci, którzy przez to przeszli wiedzą, że to wcale nie jest takie straszne.

Pielęgniarze, którzy przysłuchiwali się rozmowie nie wierzyli słowom schizofrenika. Ten zabieg musiał z pewnością być bardzo bolesny, ale nikt nie wie, co dzieje się w głowie szaleńca. Jedyne co było rozsądne w jego wywodach to to, że wkrótce plotka obiegnie całe Villete i szybko powróci spokój.

– Za wcześnie się położyłeś – zauważył jeden z mężczyzn.

Edward podniósł się i pielęgniarze rozciągnęli na łóżku coś w rodzaju gumowego prześcieradła.

– Teraz możesz się położyć.

Posłuchał. Był spokojny, jakby to wszystko było tylko codzienną rutyną.

Mężczyźni obwiązali płóciennymi pasami ciało Edwarda, a między zęby wsadzili mu kawałek gumy.

– To po to, aby niechcący nie przygryzł sobie języka – wyjaśnił Weronice jeden z pielęgniarzy, zadowolony, że może jej udzielić technicznej informacji i przestrogi zarazem.

Potem umieścili dziwne urządzenie – niewiele większe od pudełka od butów, z paroma gałkami i trzema tarczami ze wskaźnikami – na krześle obok łóżka. Wychodziły z niego dwa kable zakończone czymś w rodzaju słuchawek.

Jeden z pielęgniarzy umieścił słuchawki na skroniach Edwarda. Drugi zajął się regulowaniem mechanizmu, pokręcając gałkami raz w prawo, raz w lewo. Chociaż chłopak nie mógł mówić z powodu gumy w ustach, to jego oczy wpatrzone w jej oczy zdawały się mówić: „Nic się nie martw, wszystko będzie dobrze".

– Nastawiłem na sto trzydzieści wolt na trzy dziesiąte sekundy – powiedział pielęgniarz. – Zaczynamy.

Nacisnął na guzik i maszyna zaczęła brzęczeć. W tym samym momencie wzrok Edwarda stał się jakby szklisty, a jego ciało wyprężyło się na łóżku tak gwałtownie, że gdyby nie przytrzymujące go pasy, złamałby sobie kręgosłup.

– Przestańcie! – wykrzyknęła Weronika.

– To już koniec – odrzekł pielęgniarz, zdejmując słuchawki z głowy Edwarda. Mimo to jego ciało nadal wiło się na wszystkie strony, a głową rzucał tak silnie, że jeden z mężczyzn musiał ją przytrzymać. Drugi schował maszynę do worka i usiadł, by zapalić papierosa.

Trwało to kilka minut. Ciało Edwarda zdawało się uspokajać, po czym znów wróciły skurcze, a jeden z pielęgniarzy musiał przytrzymać mu głowę. Stopniowo przestał się prężyć, wreszcie skurcze ustały zupełnie. Chłopak miał cały czas otwarte oczy i pielęgniarz zamknął je, tak jak umarłemu.

Potem wyjął mu z ust gumę, rozwiązał go i schował pasy do tego samego worka, w którym była maszyna.

– Działanie elektrowstrząsu trwa około godziny – odezwał się do dziewczyny, która przestała krzyczeć i wyglądała jakby zahipnotyzowana tym, co zobaczyła. – Wszystko w porządku, wkrótce wróci do siebie i będzie spokojniejszy.

Gdy Edward poczuł wstrząs elektryczny, wróciło to, co dobrze znał – powoli tracił wzrok, tak jakby ktoś zasuwał zasłonę, aż wszystko zupełnie zniknęło. Nie czuł żadnego bólu, nie cierpiał, ale widział już innych pacjentów poddawanych elektrowstrząsom i wiedział, jak przeraźliwy był to widok.

Teraz był spokojny. Jeśli jeszcze przed chwilą myślał, że miłość do dziewczyny może stać się czymś więcej niż tym, co dawali mu rodzice, to dzięki elektrowstrząsom – czy też raczej terapii elektrowstrząsowej, jak woleli mówić specjaliści – z całą pewnością powróci do normalnego stanu. Głównym efektem tej terapii było wymazanie z pamięci ostatnich doznań. Bowiem Edward nie powinien żywić swej wyobraźni nierealnymi marzeniami ani wybiegać myślami w nieistniejącą przyszłość. Musiał myśleć wyłącznie o przeszłości, bo inaczej mógłby znowu nabrać ochoty do życia.

W godzinę później Zedka weszła na niemal pusty oddział. Tylko na jednym łóżku leżał chłopak, a przy nim siedziała dziewczyna.

Gdy podeszła bliżej, zauważyła, że dziewczyna znów wymiotowała. Teraz siedziała ze zwieszoną głową.

Zedka odwróciła się, aby wezwać pomoc, lecz Weronika podniosła głowę.

– To nic – odezwała się. – Miałam kolejny atak, ale już minął.

Zedka pomogła jej wstać i zaprowadziła do łazienki.

– To łazienka dla mężczyzn – wyszeptała dziewczyna.

– Nie ma tu nikogo, nie przejmuj się.

Zdjęła z niej zabrudzony sweter, uprała go i położyła na kaloryferze. Potem zdjęła z siebie wełnianą bluzę i założyła ją Weronice.

– Zatrzymaj ją. Przyszłam się z wami pożegnać.

Dziewczyna była jakby nieobecna, wydawało się, że nic już jej nie obchodzi. Zedka zaprowadziła ją z powrotem do krzesła, na którym wcześniej siedziała.

– Edward wkrótce się obudzi. Być może będzie mu trudno przypomnieć sobie od razu, co się zdarzyło, ale pamięć szybko mu wróci. Nie przejmuj się, gdy nie pozna cię w pierwszej chwili.

– Nie będę się przejmować, bo nie poznaję nawet sama siebie.

Zedka przyniosła sobie krzesło i usiadła obok. Przebywała w Villete już tak długo, że mogła spędzić jeszcze kilka chwil z tą dziewczyną.

– Pamiętasz nasze pierwsze spotkanie? Opowiedziałam ci wtedy historię, by wytłumaczyć, że świat jest dokładnie taki, jakim my go postrzegamy. Wszyscy uznali, że król jest szalony, bo wydał rozkazy, których poddani nie pojmowali.

Jednak istnieją w życiu sprawy, które – bez względu na to, z której strony byśmy na nie patrzyli – są zawsze tak samo ważne dla wszystkich. Miłość jest jedną z nich.

Zedka dostrzegła, że coś drgnęło w spojrzeniu Weroniki. Dlatego mówiła dalej.

– Chcę powiedzieć, że jeśli kobieta, której dni są policzone, postanawia spędzić resztkę swego czasu przy łóżku śpiącego mężczyzny, po to, by patrzeć na niego, to jest w tym coś z miłości. Chcę powiedzieć jeszcze więcej, że jeśli w tym czasie ta kobieta miała atak serca i nie wezwała pomocy, tylko po to, by nie oddalić się ani na chwilę od tego mężczyzny, to ta miłość może stać się wielka.

– Może to również być rozpacz – odrzekła Weronika. – Próba udowodnienia sobie, że tak naprawdę nie warto ciągle walczyć. Nie mogę kochać mężczyzny, który żyje w innym świecie.

– Każdy z nas żyje w swoim własnym świecie. Ale gdy popatrzysz na niebo pełne gwiazd, zobaczysz, że te różne światy zazębiają się, tworzą konstelacje, systemy słoneczne i galaktyki.

Weronika wstała i podeszła do Edwarda. Z czułością pogłaskała jego włosy. Była szczęśliwa, że może z kimś porozmawiać.

– Dawno temu, gdy byłam dzieckiem i matka zmuszała mnie do gry na fortepianie, powtarzałam sobie, że będę grała dobrze dopiero wtedy, gdy się zakocham. Wczoraj w nocy, po raz pierwszy w życiu czułam, że dźwięki nut same spływały mi spod palców, jakbym nie miała nad nimi żadnej kontroli.

Wiodła mnie jakaś siła, układała melodie i akordy, których sama nigdy bym nie zagrała. Oddałam się pianinu tak, jak chwilę wcześniej oddałam się temu mężczyźnie, choć on nawet mnie nie dotknął. Wczoraj nie byłam sobą, ani wtedy, gdy uległam mojemu pożądaniu, ani wtedy, gdy grałam na pianinie. Mimo to sądzę, że byłam całkowicie sobą.

Weronika pokręciła głową.

– Wszystko co mówię nie ma sensu.

Zedka przypomniała sobie swoje spotkania z istotami unoszącymi się w innym wymiarze. Chciała o tym opowiedzieć Weronice, ale obawiała się, że jeszcze bardziej zmąci jej myśli.

– Zanim powtórzysz, że umrzesz, chcę ci coś powiedzieć. Są ludzie, którzy przez całe życie czekają na chwilę, którą ty przeżyłaś wczorajszej nocy, i nie odnajdują jej. Dlatego, jeśli przyjdzie ci umrzeć teraz, umieraj z sercem pełnym miłości.

Zedka podniosła się.

– Nie masz nic do stracenia. Wielu ludzi chciałoby kochać, ale boi się, że trzeba za to poświęcić coś z przeszłości albo przyszłości. Ty nie masz nic do stracenia, bo masz tylko teraźniejszość.

Podeszła i ucałowała Weronikę.

– Jeśli zostanę tu dłużej, nie będę potrafiła odejść. Wyleczono mnie z depresji, ale odkryłam tutaj inne rodzaje szaleństwa. Chcę je zabrać ze sobą i zacząć patrzeć na życie własnymi oczami.

Gdy mnie tu przywieziono, byłam przygnębiona. Dziś jestem szalona i dumna ze swego szaleństwa. Tam, na zewnątrz będę się zachowywać tak samo jak inni. Będę robić zakupy w supermarkecie, rozmawiać o głupstwach z przyjaciółkami, tracić czas przed telewizorem. Ale ze świadomością, że moja dusza jest wolna, że mogę marzyć i porozumiewać się z innymi światami, których istnienia nawet nie podejrzewałam, zanim tu przyszłam.

Pozwolę sobie na jakieś głupstwa tylko po to, aby ludzie mogli powiedzieć: Przecież wyszła z Villete! Ale wiem, że mojej duszy niczego nie zabraknie, bo moje życie nabrało sensu. Będę mogła oglądać zachody słońca i wierzyć, że za nimi kryje się Bóg. Gdy ktoś mnie znudzi, powiem jakąś bzdurę i nie będę się przejmować tym, co inni pomyślą, bo i tak powiedzą: Przecież wyszła z Villete!

Na ulicy będę patrzeć mężczyznom głęboko

w oczy i nie będę się wstydzić, że mnie pożądają. Ale zaraz potem pójdę do delikatesów i kupię najlepsze wino, na jakie mnie będzie stać i wypiję je z moim mężem, bo chcę się śmiać – z nim, mężczyzną, którego kocham.

On powie mi, śmiejąc się: Jesteś szalona! A ja mu odpowiem: Oczywiście, przecież byłam w Villete! I szaleństwo mnie wyzwoliło. A teraz, mój najdroższy, musisz brać urlop co roku. Musisz pozwolić mi odkrywać grozę coraz to nowych górskich szczytów, bo chcę ryzykować, dopóki żyję.

Ludzie powiedzą: Ledwo wyszła z Villete, a już doprowadziła męża do szaleństwa! A on powie, że owszem, i podziękuje Bogu, że nasze małżeństwo dopiero się zaczęło i że oboje jesteśmy szaleni, tak jak szaleni są ci, którzy wymyślili miłość.

Zedka wyszła, nucąc melodię, której Weronika nigdy nie słyszała.

Dzień był wyczerpujący, lecz owocny. Choć doktor Igor starał się zachować dystans i obojętność naukowca, to z trudem mógł zapanować nad swym entuzjazmem. Metody leczenia zatrucia Vitriolem zaczynały dawać zaskakujące rezultaty!

– Nie miała pani na dzisiaj wyznaczonej wizyty – odezwał się do Mari, która weszła do gabinetu bez pukania.

– Nie zajmę panu dużo czasu. Prawdę powiedziawszy chciałabym tylko poznać pańską opinię.

„Dziś wszyscy chcą ode mnie tylko opinii" – pomyślał doktor Igor, przypominając sobie dziewczynę i jej pytanie o seks.

– Edwardowi zrobiono elektrowstrząsy.

– Zastosowano terapię elektrowstrząsową, proszę używać właściwej terminologii, bo w przeciwnym razie będziemy uchodzić za barbarzyńców – powiedział doktor Igor, ukrywając zaskoczenie. Obiecał sobie, że później odszuka autora tej inicjatywy. – Jeśli chce pani poznać moje zdanie w tej sprawie, to jestem zmuszony wyjaśnić, że dziś terapię elektrowstrząsową stosuje się inaczej niż kiedyś.

– Ale jest to niebezpieczne.

– Było *bardzo* niebezpieczne. Nie wiedziano, jakie zastosować napięcie, gdzie przystawić elektrody i wielu pacjentów umierało podczas zabiegu na skutek wylewu krwi do mózgu. Ale to się zmieniło. Dziś znów stosuje się terapię elektrowstrząsową, jednak z większą techniczną precyzją. Ma tę zaletę, że wywołuje natychmiastową amnezję, co pozwala uniknąć zatrucia chemicznego spowodowanego długim podawaniem leków. Niech pani poczyta czasopisma psychiatryczne i nie myli tej metody z torturami stosowanymi przez południowoamerykańskich oprawców.

„No dobrze, wygłosiłem swoją opinię. Teraz muszę wrócić do pracy”.

Mari nawet nie drgnęła.

– Wcale nie o to przyszłam spytać. Prawdę powiedziawszy, chciałabym się dowiedzieć, czy mogę już wyjść ze szpitala.

– Wychodzi pani kiedy chce i wraca, bo tak się pani podoba i dlatego, że mąż ma dość pieniędzy, by opłacać pani pobyt w tak kosztownym szpitalu jak nasz. Powinna mnie pani raczej zapytać: czy jest pani wyleczona? A ja w odpowiedzi zadam pani inne pytanie: wyleczona z czego?

Pani mi zapewne powie: wyleczona z mojego strachu, z syndromu paniki. Ja odpowiem pani na to tak: No cóż, Mari, od trzech lat już się pani na to nie uskarża.

– A zatem jestem wyleczona.

– Oczywiście, że nie. Bo nie na tę chorobę pani

cierpi. W rozprawie, nad którą obecnie pracuję i którą zamierzam przedstawić Słoweńskiej Akademii Nauk (doktor Igor nie chciał wchodzić w szczegóły dotyczące Vitriolu), prowadzę badania nad zachowaniem ludzkim zwanym „normalnym". Wielu lekarzy przede mną zgłębiało już ten temat i dochodziło do wniosku, że normalność to tylko kwestia umowna. Innymi słowy, jeśli większość ludzi uważa, że coś jest właściwe, to staje się to właściwe.

Niektóre czynności rządzą się zasadami zdrowego rozsądku, na przykład – przyszywanie guzików z przodu koszuli jest logiczne, bo byłoby niezwykle trudno zapinać je z boku, a wręcz niemożliwe, gdyby znajdowały się na plecach.

Jednak są inne sprawy, które nam się narzuca, bo zdecydowana większość ludzi wierzy, że tak ma być. Dam pani dwa przykłady. Czy zastanawiała się pani kiedykolwiek, dlaczego litery w klawiaturze maszyny do pisania są ustawione w takim a nie innym porządku?

– Nie, nigdy.

– Nazywamy tę klawiaturę QWERTY, jako że w takim szyku układa się litery w pierwszym jej rzędzie. Kiedyś zastanawiałem się, dlaczego tak jest i znalazłem odpowiedź. Pierwsza maszyna została wynaleziona przez Christophera Scholesa w roku 1873. Ale był z nią pewien kłopot. Gdy ktoś pisał na niej zbyt szybko, czcionki uderzały o siebie i blokowały maszynę. Dlatego Scholes zaprojektował klawiaturę QWERTY, *zmuszającą sekretarki do wolniejszego pisania.*

– Nie wierzę.

– Ale to prawda. Tak się złożyło, że Remington, ówczesny producent maszyn do szycia, zastosował klawiaturę QWERTY w swoich maszynach do pisania. To znaczy, że coraz więcej osób było zmuszonych nauczyć się tego systemu i coraz więcej fabryk zaczęło produkować maszyny z tą klawiaturą, aż stała się jedynym istniejącym modelem. Reasumując: klawiatura maszyn i komputerów została tak zaprojektowana, by palce uderzały wolniej, a nie szybciej, rozumie pani? Niech pani spróbuje przestawić litery, a nie znajdzie pani nabywcy na swój produkt.

Gdy Mari zobaczyła klawiaturę maszyny do pisania po raz pierwszy, zastanawiała się, dlaczego litery nie są ułożone w porządku alfabetycznym. Ale nigdy potem nie zastanawiała się nad tym, sądząc, że taki układ pozwala na szybsze pisanie.

– Czy była pani we Florencji? – zapytał doktor Igor.

– Nie.

– A powinna pani pojechać, to nie jest daleko i można tam zobaczyć ten drugi przykład, o którym chcę mówić. Otóż w katedrze florenckiej znajduje się przepiękny zegar zaprojektowany przez Paola Uccella w 1443 roku. Zegar ten, to swoista ciekawostka – chociaż wyznacza godziny, tak jak wszystkie inne zegary, to jego wskazówka kręci się w lewo.

– Co to wszystko ma wspólnego z moją chorobą?

– Dojdę do tego. Paolo Uccello, konstruując ten zegar nie silił się na oryginalność. W tamtym czasie istniały różne zegary. Były i takie, których tarcze albo wskazówki kręciły się w lewo, były i te, które uważamy za normalne. Być może dlatego, że książę Florencji miał zegar ze wskazówkami kręcącymi się w kierunku uznawanym dziś za „dobry", zegar Uccella stał się aberracją, szaleństwem.

Doktor Igor zrobił pauzę, ale wiedział, że Mari śledzi tok jego myślenia.

– Wróćmy zatem do pani choroby. Każda istota ludzka jest jedyna w swoim rodzaju, ma własne wady i zalety, instynkty, gusta, na swój sposób poszukuje przygód. Jednak społeczeństwo narzuca nam pewien sposób zachowania, a my wciąż zadajemy sobie pytanie, dlaczego mamy postępować tak, a nie inaczej. Po prostu akceptujemy te normy, tak jak sekretarki pogodziły się z faktem, że QWERTY jest najlepszą klawiaturą z możliwych. Czy kiedykolwiek poznała pani kogoś, kto zadawał sobie pytanie, dlaczego wskazówki zegara kręcą się w tę, a nie w inną stronę?

– Nie.

– Gdyby znalazł się ktoś taki, to prawdopodobnie usłyszałby w odpowiedzi, że jest obłąkany. Wróćmy teraz do pani pytania. Niech pani je powtórzy.

– Czy jestem wyleczona?

– Nie. Jest pani osobą odmienną, choć jednocześnie chce pani być podobna do innych. A to, z mojego punktu widzenia, jest poważną chorobą.

– Czy to niebezpiecznie być innym?

– Niebezpiecznie jest, jeśli ktoś zmusza się, by być takim jak inni. Wywołuje to nerwice, psychozy, paranoje. To ciężki przypadek, bo oznacza łamanie praw natury i sprzeciwianie się Bogu, który w niezliczonych lasach i puszczach świata nie stworzył dwóch takich samych liści. Ale pani uważa bycie inną za szaleństwo i dlatego wybrała pani Villete jako miejsce do życia. Bo tu, gdzie wszyscy są inni, pani staje się taka jak wszyscy, rozumie mnie pani?

Mari skinęła głową.

– Jako że ludzie nie mają odwagi być innymi, sprzeciwiają się naturze i ich organizm zaczyna produkować Vitriol, albo Gorycz, jak popularnie bywa nazywana ta trucizna.

– Co to jest Vitriol?

Doktor Igor zorientował się, że go poniosło i wolał zmienić temat.

– To nie jest istotne dla sprawy. Chcę powiedzieć, że wszystko wskazuje na to, że pani nie jest wyleczona.

Mari postanowiła wykorzystać swoje wieloletnie doświadczenie sądowe. Taktyka polegała na tym, że należało udawać, iż się zgadza z oponentem, by wkrótce potem schwytać go w sidła odmiennego toku rozumowania.

– Zgadzam się z panem. Trafiłam tutaj z bardzo konkretnego powodu – z powodu syndromu paniki, a zostałam dlatego, że nie potrafiłam stawić czoła nowemu życiu, bez pracy i bez męża. Zgadzam się z panem – straciłam chęć, by rozpocząć nowe życie, by przystosowywać się do niego. Powiem więcej, przyznaję, że w szpitalu, mimo elektrowstrząsów – przepraszam, terapii elektrowstrząsowej, jak pan to woli nazywać – rozkładu dnia, ataków histerii u chorych, i tak reguły tu panujące są łatwiejsze do zniesienia niż prawa panujące w świecie, w którym jak pan mówi, *wszyscy robią wszystko, by się nie wyróżniać*.

Tak się zdarzyło, że wczoraj w nocy usłyszałam, jak pewna dziewczyna grała na pianinie. Grała tak pięknie, jak rzadko zdarza się słyszeć. Słuchając tej muzyki, myślałam o wszystkich tych, którzy cierpieli, komponując sonaty, preludia, adagia. Jak musieli wydawać się obłąkani, przedstawiając swoje utwory – jakże inne – tym, którzy rządzili światem muzyki. Myślałam o ich trudach i poniżeniach, nim znaleźli kogoś, kto sfinansował wykonanie ich utworów. O szyderstwach publiczności, nie nawykłej jeszcze do nowej harmonii.

Co gorsza, myślałam, że nie tylko ci kompozytorzy cierpieli, ale i ta dziewczyna cierpi, bo gra ich muzykę całą duszą, wiedząc, że umrze. A ja? Czy też nie umrę? Gdzie postradałam własną duszę, że nie mogę zagrać muzyki mego istnienia z takim samym entuzjazmem?

Doktor Igor słuchał w milczeniu. Wszystkie jego przemyślenia były chyba właściwe, ale za wcześnie jeszcze, uznał, na jakąkolwiek pewność.

– Gdzie postradałam własną duszę? – powtórzyła Mari. – Gdzieś w mojej przeszłości. W tym, co chciałam, aby było moim życiem. Zostawiłam moją duszę uwięzioną tam, gdzie miałam dom, męża i pracę, od której chciałam się uwolnić, ale nigdy nie zdobyłam się na odwagę.

Moja dusza została w przeszłości. Ale dziś jest ze mną tutaj i czuję ją znowu w mym ciele, pełną entuzjazmu. Nie wiem, co robić, wiem tylko, że potrzebowałam trzech lat, by zrozumieć, że życie spychało mnie na inną ścieżkę, którą nie chciałam pójść.

– Dostrzegam pewne symptomy poprawy – zauważył doktor Igor.

– Nie musiałam prosić o pozwolenie opuszczenia Villete. Wystarczyło przejść przez bramę i nigdy więcej nie wrócić. Ale musiałam to wszystko komuś powiedzieć i mówię to panu. Umieranie tej dziewczyny sprawiło, że zrozumiałam własne życie.

– Zdaje mi się, że symptomy poprawy zwiastują cudowne uleczenie – roześmiał się doktor Igor. – Co pani teraz zamierza robić?

– Pojechać do Salwadoru, by opiekować się tamtejszymi dziećmi.

– Nie musi pani wyjeżdżać tak daleko. Bośniackie Sarajewo jest nie dalej, niż dwieście kilometrów stąd. Wojna się skończyła, ale problemy istnieją nadal.

– Pojadę do Sarajewa.

Doktor Igor wyjął z szuflady formularz i wypełnił go skrupulatnie. Potem podniósł się i odprowadził Mari do drzwi.

– Z Bogiem – powiedział jej na pożegnanie. Zamknął szybko drzwi i wrócił do swojego biurka. Starał się nie przywiązywać do swoich pacjentów, ale nigdy mu się to nie udawało. Będzie mu brakować Mari w Villete.

Gdy Edward otworzył oczy, dziewczyna nadal siedziała obok. Po pierwszych seansach elektrowstrząsowych potrzebował dużo czasu, by przypomnieć sobie minione dopiero co zdarzenia. W końcu taki miał być przecież efekt terapeutyczny tego leczenia – wywołanie częściowej amnezji, po to by chory zapomniał o nurtującym go problemie i uspokoił się.

Jednak im częściej stosowano mu tę terapię, tym jej efekt zanikał szybciej. Edward od razu rozpoznał siedzącą obok dziewczynę.

– Podczas snu mówiłeś o wizjach Raju – odezwała się, gładząc go po głowie.

Wizje Raju? Ah, wizje Raju. Edward spojrzał na nią i poczuł, że chce wszystko jej opowiedzieć.

Ale właśnie w tym momencie weszła pielęgniarka ze strzykawką.

– Muszę ci teraz zrobić zastrzyk – powiedziała do Weroniki. – To zalecenie doktora Igora.

– Już dziś dostałam jeden i nie chcę więcej – odpowiedziała. – Nie mam też najmniejszej ochoty stąd wychodzić. Nie będę słuchać żadnych poleceń, ani podporządkowywać się żadnym regułom. Do niczego mnie nie zmusicie.

Pielęgniarka była przyzwyczajona do tego typu reakcji.

– A zatem będziemy zmuszeni wstrzyknąć go siłą.

– Muszę z tobą porozmawiać – odezwał się Edward. – Zgódź się na ten zastrzyk.

Weronika podciągnęła rękaw swetra i pielęgniarka wstrzyknęła jej narkotyk.

– Grzeczna dziewczynka – skomentowała. – Dlaczego nie wyjdziecie z tej ponurej sali i nie pójdziecie się przejść po parku?

– Wstydzisz się tego, co się wydarzyło wczoraj wieczorem – zaczął Edward, gdy wyszli już na zewnątrz.

– Wstydziłam się, ale teraz jestem dumna. Chcę usłyszeć o wizjach Raju, bo sama niemal miałam jedną z nich.

– Muszę wybiec spojrzeniem daleko, poza mury Villete.

– To zrób to.

Edward popatrzył za siebie, ale nie na ściany zabudowań, ani nie na park, gdzie chorzy spacerowali w milczeniu, lecz na pewną ulicę na innym kontynencie, w kraju gdzie albo padał rzęsisty deszcz albo nie padało wcale.

Edward poczuł zapach tamtej ziemi. Była pora sucha i pył wciskał mu się do nosa. Sprawiało mu to przyjemność, bo czuć zapach ziemi, to czuć, że się żyje. Jechał na zagranicznym rowerze, miał siedemnaście lat, właśnie wyszedł z amerykańskiego college'u w Brasilii, gdzie uczyły się wszystkie dzieci dyplomatów.

Nienawidził Brasilii, ale kochał Brazylijczyków. Jego ojciec dwa lata wcześniej został mianowany ambasadorem Jugosławii, w czasie gdy nikomu się nawet nie śniło o je krwawym podziale. Ludzie różnej narodowości żyli we względnej harmonii, pomimo regionalnych konfliktów.

Pierwszą placówką ojca była właśnie Brazylia. Edward marzył o plażach, karnawale, meczach piłki nożnej, muzyce, ale znalazł się w odległej od morza stolicy, zbudowanej dla polityków, biurokratów, dyplomatów i ich dzieci, które nie za bardzo wiedziały, co mają tam robić.

Edward nienawidził życia w tym mieście. Spędzał dnie zakopany w szkolnych książkach, starając się, bez rezultatów, nawiązać kontakt z kolegami z klasy. Czyniąc wysiłki, bezskutecznie, by tak jak oni zainteresować się samochodami, obuwiem sportowym ostatniej mody, markowymi ubraniami – jedynymi tematami rozmowy wśród tej młodzieży.

Od czasu do czasu organizowano prywatkę, na której chłopcy upijali się w jednej części salonu, a dziewczyny udawały obojętność w drugiej. Zawsze krążyły narkotyki i Edward spróbował już praktycznie wszystkiego, nie gustując w niczym. Zbyt go podniecały lub usypiały i tracił zainteresowanie tym, co działo się wokół.

Rodzina martwiła się. Przygotowywano Edwarda, by poszedł w ślady ojca i chociaż chłopiec posiadał niemal wszelkie konieczne talenty: chęć do nauki, dobry smak, łatwość uczenia się języków i interesowała go polityka, to brakowało mu cechy podstawowej, by zrobić karierę w dyplomacji. Miał trudności w kontaktach z ludźmi.

Choć rodzice zabierali go na niezliczone przyjęcia, otworzyli dom dla jego przyjaciół z amerykańskiego college'u i dawali mu wysokie kieszonkowe, to rzadko widywali go w czyimś towarzystwie. Pewnego dnia matka zapytała go, dlaczego nie zaprasza przyjaciół na obiad czy na kolację.

– Znam już wszystkie marki sportowych butów i imiona wszystkich dziewczyn, z którymi łatwo pójść do łóżka. Nie mamy już sobie nic ciekawego do powiedzenia.

Aż w końcu pojawiła się pewna Brazylijka. Ambasador wraz z żoną uspokoili się, gdy syn zaczął wychodzić i wracać późno do domu, chociaż nikt dokładnie nie wiedział, skąd pochodziła ta dziewczyna. Któregoś wieczoru Edward po prostu przyprowadził ją do domu na kolację. Dziewczyna była wykształcona i rodzice byli zachwyceni – chłopak w końcu nauczy się porozumiewać z obcymi. Poza tym, oboje pomyśleli, choć nie wypowiedzieli tego głośno, że ta dziewczyna zdejmuje im kamień z serca – Edward nie jest homoseksualistą!

Traktowali Marię (bo tak miała na imię) z uprzejmością przyszłych teściów, mimo iż wiedzieli, że za dwa lata zostaną przeniesieni na inną placówkę, i nie mieli najmniejszego zamiaru pozwolić, by ich syn poślubił dziewczynę z tak egzotycznego kraju. Planowali, że gdzieś we Francji lub w Niemczech znajdzie sobie kandydatkę na żonę z dobrego domu, która z godnością towarzyszyć mu będzie w jego błyskotliwej karierze dyplomaty, jaką już mu szykował ojciec.

Jednak Edward wyglądał na coraz bardziej zakochanego. Zaniepokojona matka postanowiła porozmawiać z mężem.

– Sztuka dyplomacji polega na wystawieniu na próbę cierpliwości przeciwnika – powiedział ambasador. – Bywa, że pierwszej miłości nigdy się nie zapomina, ale ona zawsze się kończy.

Jednak wyglądało na to, że Edward całkowicie się zmienił. Zaczął przynosić do domu jakieś dziwne książki, zbudował w swoim pokoju piramidę, co wieczór razem z Marią zapalali kadzidło i wpatrywali się godzinami w dziwny rysunek przybity gwoździem do ściany. Jego oceny w szkole amerykańskiej zaczęły się pogarszać.

Matka nie rozumiała portugalskiego, ale widziała okładki książek, na których były krzyże, stosy, wiszące czarownice i egzotyczne symbole.

– Nasz syn czyta niebezpieczne lektury – mówiła do męża.

– Niebezpieczne jest to, co się dzieje na Bałkanach – odparł ambasador. – Krążą pogłoski, że Słowenia domaga się suwerenności, a to może doprowadzić do wojny.

Matki jednak nic nie obchodziła polityka, chciała wiedzieć, co dzieje się z jej synem.

– A ta mania palenia kadzideł?

– To żeby usunąć zapach marihuany – odpowiedział ambasador. – Nasz syn odebrał doskonałe wykształcenie i na pewno nie wierzy, że te perfumowane patyczki mogą zwabić duchy.

– Mój syn wpadł w narkotyki!

– To minie. Ja też gdy byłem młody, paliłem marihuanę, ale to mu się szybko znudzi, tak jak i mnie się znudziło.

Ambasadorowa poczuła się dumna i uspokojona. Jej mąż to doświadczony człowiek – brał narkotyki i zdołał oprzeć się nałogowi! Mężczyzna o takiej sile woli jest w stanie zapanować nad każdą sytuacją.

Pewnego pięknego dnia Edward poprosił o rower.

– Masz Mercedesa z kierowcą. Po co ci rower?

– Żeby mieć jakiś kontakt z przyrodą. Razem z Marią jedziemy na dziesięciodniową wycieczkę. Tu niedaleko jest miejsce, gdzie są ogromne złoża kryształów, a Maria twierdzi, że przekazują dobrą energię.

Rodzice Edwarda zostali wychowani w czasach

reżimu komunistycznego – dla nich kryształ był tylko minerałem zbudowanym z atomów połączonych w określony sposób i nie emanowała z niego żadna energia, ani pozytywna, ani negatywna. Zaczęli się rozpytywać i odkryli, że te idee o „wibracjach kryształów" stały się ostatnio modne.

Gdyby ich syn wpadł na pomysł rozmawiać o tym na jakimś oficjalnym przyjęciu, mógłby narazić ambasadora na śmieszność. Po raz pierwszy ojciec przyznał, że sytuacja staje się poważna. Brasilia była miastem kipiącym od plotek i wkrótce wyszłoby na jaw, że Edward jest zwolennikiem pseudonaukowych teorii i konkurenci jego ojca w ambasadzie mogliby pomyśleć, że przejął je od rodziców, a dyplomaci przecież, nie powinni w żadnych okolicznościach uchybiać regułom protokołu i wymogom obyczaju.

– Mój synu, tak dłużej być nie może – zawołał ambasador. – Mam przyjaciół w naszym Ministerstwie Spraw Zagranicznych. Czeka cię błyskotliwa kariera dyplomaty i teraz musisz nauczyć się stawić czoło światu.

Tego wieczoru Edward wyszedł z domu i nie wrócił na noc. Rodzice wydzwaniali do domu Marii, do kostnic i szpitali – bezskutecznie. Ambasadorowa straciła zaufanie do swego męża w kwestiach rodzinnych, choć nadal uważała, że był wytrawnym negocjatorem w sprawach wagi państwowej.

Edward pojawił się następnego dnia, wygłodzony i senny. Zjadł coś i poszedł do swego pokoju, zapalił kadzidło, wypowiedział swoje mantry, przespał resztę dnia i całą noc. Gdy się obudził, czekał na niego nowiutki, jeszcze opakowany rower.

– Jedź oglądać te swoje kryształy – powiedziała matka. – Wytłumaczę to jakoś ojcu.

I tak pewnego skwarnego, dusznego od kurzu popołudnia Edward jechał radośnie do domu Marii. Miasto zostało tak dobrze (w opinii architektów), albo też tak fatalnie zaprojektowane (zdaniem Edwarda), że prawie nie miało skrzyżowań. Jechał w prawą stronę pasem szybkiego ruchu, patrząc w niebo zasnute chmurami, z których nie spadła ani jedna kropla deszczu, kiedy poczuł, że niemal wzbija się w to niebo z zawrotną szybkością, by zaraz spaść wprost na asfalt.

Trach!

„Miałem wypadek".

Chciał odwrócić głowę, która przylgnęła do asfaltu, ale zorientował się, że nie panuje nad swoim ciałem. Usłyszał pisk hamujących samochodów, wrzaski ludzi, ktoś podszedł do niego i chciał go poruszyć, ale natychmiast dobiegł go krzyk: „Proszę go nie ruszać! Jeśli ktoś go dotknie, chłopak może zostać kaleką na całe życie!".

Sekundy mijały powoli i zaczął się bać. W przeciwieństwie do rodziców wierzył w Boga i w życie po śmierci, ale mimo to uważał za niesprawiedliwe umierać mając 17 lat, ze wzrokiem utkwionym w asfalt, w obcym kraju.

– Dobrze się czujesz? – usłyszał czyjś głos.

Nie, nie czuł się dobrze, nie mógł się poruszyć ani wymówić słowa. Co gorsza, nie stracił przytomności, dokładnie wiedział, co się dzieje i był świadom swego położenia. Czy nie lepiej byłoby zemdleć? Czyżby Bóg nie miał dla niego litości właśnie w chwili, gdy tak Go poszukiwał, na przekór wszystkim.

– Pogotowie zaraz tu będzie – wyszeptał ktoś inny, biorąc go za rękę. – Nie wiem, czy mnie słyszysz, ale bądź dobrej myśli. To nic poważnego.

Tak, słyszał. Chciał, aby ten ktoś – jakiś mężczyzna – mówił dalej, żeby zapewniał go, że to nic poważnego, choć był już na tyle dorosły, by wiedzieć, że tak mówi się zawsze, gdy sytuacja jest bardzo groźna. Pomyślał o Marii, o okolicach, gdzie znajdowały się kryształowe góry pełne pozytywnej energii, podczas gdy Brasilia była największym skupiskiem wszystkiego co negatywne, co pojął podczas medytacji.

Sekundy rozciągały się w minuty, ludzie starali się go pocieszać, i pierwszy raz od chwili wypadku zaczął odczuwać ból. Ból przeszywający, który wychodził ze środka głowy i zdawał się promieniować na całe ciało.

– Już są – powiedział mężczyzna, który trzymał go za rękę. – Jutro znów wsiądziesz na rower.

Ale następnego dnia Edward leżał w szpitalu z dwiema nogami i jedną ręką w gipsie, unieruchomiony na miesiąc, słuchał niekończących się lamentów matki i nerwowych telefonów ojca, lekarzy powtarzających co pięć minut, że najgorsza doba minęła i nie ma żadnych uszkodzeń mózgu.

Rodzina skontaktowała się z ambasadą amerykańską, która nigdy nie dawała wiary diagnozom ze szpitali publicznych i miała do swojej dyspozycji własny ośrodek medyczny na wysokim poziomie oraz listę lekarzy brazylijskich, uprawnionych do leczenia amerykańskich dyplomatów. Od czasu do czasu, w ramach dobrosąsiedzkiej polityki, udostępniała swe usługi innym misjom dyplomatycznym.

Amerykanie przywieźli swe urządzenia ostatniej generacji, przeprowadzili dziesięciokrotnie więcej badań i testów, i doszli do takiego samego wniosku co zawsze – lekarze publicznej służby zdrowia postawili prawidłową diagnozę i podjęli właściwe decyzje.

Być może lekarze ze szpitala publicznego byli dobrzy, za to programy telewizyjne były tak samo słabe w Brazylii, jak gdziekolwiek indziej na świecie i Edward nie miał czym wypełnić czasu. Maria przychodziła coraz rzadziej, może znalazła sobie innego towarzysza podróży do kryształowych gór.

W przeciwieństwie do dziwnego zachowania narzeczonej, rodzice odwiedzali go codziennie, ale odmawiali przyniesienia portugalskich książek, jakie miał w domu, tłumacząc, że już wkrótce zostaną przeniesieni do innego kraju, a zatem nie ma potrzeby uczyć się języka, który już nigdy mu się nie przyda. Tak więc Edward musiał zadowolić się rozmowami z innymi pacjentami, dyskusjami o futbolu z personelem i lekturą czasopism, jakie wpadały mu w ręce.

Aż pewnego dnia jeden z pielęgniarzy przyniósł mu książkę, którą gdzieś wygrał, ale była dla niego „za gruba" do czytania. Wtedy właśnie życie Edwarda potoczyło się osobliwą drogą; drogą, która powiodła go do oderwania się od rzeczywistości, do odsunięcia przez najbliższe lata od spraw, które zaprzątały głowę jego rówieśników – innymi słowy do Villete.

Książka opowiadała o wizjonerach, którzy wstrząsnęli światem, o ludziach, którzy mieli własną wizję ziemskiego raju i poświęcili swoje życie, by podzielić się nią z bliźnimi. Był pośród nich i Jezus, i Darwin ze swoją teorią o pochodzeniu człowieka od małpy, i Freud, który twierdził, że sny są ważne, i Kolumb, który zastawił kosztowności królowej, by odnaleźć nowy kontynent, i Marks, według którego wszyscy zasługują na taką samą życiową szansę.

Byli pośród nich święci, tacy jak Ignacy Loyola, baskijski szlachcic, który spał z każdą kobietą, jaka mu się nadarzyła, zabił mnóstwo wrogów w nieskończonej ilości bitew, aż do dnia, w którym został ranny pod Pampeluną i pojął, co to wszechświat, leżąc na łożu boleści. Teresa z Avila, która wszelkimi sposobami szukała drogi do Boga i udało się jej to przypadkiem, gdy pogrążyła się w kontemplacji nad pewnym obrazem. Antoni, mężczyzna zmęczony życiem, jakie wiódł, który postanowił schronić się na pustyni i dziesięć lat żył pośród demonów, wystawiony na wszelkiego rodzaju pokusy. Franciszek z Asyżu, chłopak taki jak on sam, głęboko przekonany, że chce rozmawiać z ptakami i porzucić los, który zaplanowali dla niego rodzice.

Jeszcze tego samego wieczora zaczął czytać tę „grubą książkę", bo nie miał nic lepszego do roboty. W środku nocy weszła pielęgniarka, pytając, czy nie potrzebuje pomocy, bo tylko w jego pokoju wciąż paliło się światło. Edward podziękował jej machnięciem ręki, nie odrywając wzroku od lektury.

Mężczyźni i kobiety, którzy wstrząsnęli światem. Byli to zwyczajni ludzie, tacy jak on, jego ojciec czy jego dziewczyna, którą powoli tracił. Pełni zwątpień i niepokojów, jakie wpisane są w ludzką dolę. Ci ludzie nie interesowali się w jakiś szczególny sposób religią, Bogiem, rozwojem duchowym czy odmiennymi stanami świadomości, aż do dnia, tego szczególnego dnia, w którym postanawiali zmienić wszystko. Książka była ciekawa dlatego, że mówiła o tym, iż w życiu każdej z tych osób wydarzała się taka magiczna chwila, która stawała się dla nich impulsem do poszukiwania własnej wizji Raju.

Oni nie zasypiali gruszek w popiele. Aby osiągnąć to, czego pragnęli, musieli prosić o jałmużnę albo nadskakiwać królom, łamać kodeksy albo stawiać czoła złości możnych tego świata. Zmuszeni byli uciekać się do dyplomacji albo do użycia siły, ale nigdy nie rezygnowali, zawsze gotowi przezwyciężyć każdą trudność, która jawiła im się jako hartujące ich wyzwanie.

Następnego dnia Edward dał swój złoty zegarek pielęgniarzowi, od którego dostał książkę, z prośbą, by go sprzedał i kupił wszystkie dostępne dzieła na ten temat. Niestety nie było innych. Próbował czytać biografie tych ludzi, ale przedstawiano ich tam jako wybrańców, mistyków, a nie zwykłych śmiertelników, którzy, jak każdy, musieli walczyć w obronie swych poglądów.

Edward był pod tak silnym wrażeniem lektury, że zastanawiał się poważnie nad ewentualnością wykorzystania wypadku, by nadać nowy kierunek swemu życiu i stać się świętym. Ale leżał ze złamanymi nogami, w szpitalu nie miał żadnej wizji, nie zobaczył obrazu, który wstrząsnąłby jego duszą, nie miał przyjaciół gotowych razem z nim wybudować kaplicę pośród brazylijskiego płaskowyżu, dalekie pustynie wrzały od politycznych konfliktów. Ale mógł dokonać czegoś innego – nauczyć się malarstwa i starać się pokazać światu wizje, jakie tym ludziom zostały objawione.

Gdy tylko zdjęto mu gips i wrócił do ambasady, otoczony troską, czułością i przejawami wszelkiego rodzaju atencji, jakiej może się spodziewać syn ambasadora od innych dyplomatów, poprosił matkę, by zapisała go na kurs malarstwa.

Matka zwróciła mu uwagę, że stracił wiele zajęć w college'u amerykańskim i musi nadrobić stracony czas. Edward odmówił. Nie miał najmniejszej ochoty nadal uczyć się geografii i przyrody.

Chciał być malarzem. Nierozważnie wyjaśnił nawet dlaczego:

– Muszę namalować wizje Raju.

Matka nic nie odpowiedziała, ale obiecała dowiedzieć się od swych przyjaciółek, gdzie prowadzone są najlepsze kursy malarstwa w mieście.

Gdy ambasador wrócił z pracy, zastał żonę płaczącą w sypialni.

– Nasz syn zwariował – mówiła łkając. – Jego mózg ucierpiał w tym wypadku.

– To niemożliwe! – odpowiedział oburzony ambasador. – Badali go przecież lekarze sprawdzeni przez Amerykanów.

Żona opowiedziała mu to, co usłyszała od syna.

– To zwykły bunt młodości. Poczekaj, wkrótce wszystko wróci do normy.

Tym razem oczekiwanie nie przyniosło żadnych pomyślnych rezultatów, bo Edwardowi było śpieszno do życia. Dwa dni później, znużony oczekiwaniem na odpowiedź przyjaciółek matki, sam zapisał się na kurs malarstwa. Odkrywał na nim tajemnice kolorów, zasady perspektywy i poznawał ludzi, którzy nigdy nie rozmawiali ze sobą o markach sportowego obuwia ani o najnowszych modelach samochodów.

– On zaczął się zadawać z artystami! – płakała ambasadorowa do męża.

– Zostaw chłopaka w spokoju. Wkrótce mu się znudzi, tak jak znudziła mu się ukochana, kryształy, piramidy, kadzidło i marihuana.

Ale czas mijał. Pokój Edwarda zamienił się w zaimprowizowaną pracownię, pełną obrazów, które zdaniem jego rodziców nie miały najmniejszego sensu. Były na nich okręgi, egzotyczne połączenia barw, prymitywne symbole i zaplątane w nich sylwetki ludzkie w modlitewnej pozie.

Edward, chłopak dotąd samotny, który w ciągu dwu lat pobytu w Brasilii nigdy nie zapraszał do domu kolegów, teraz sprowadzał tłumy dziwaków, źle ubranych, zarośniętych, którzy słuchali straszliwej muzyki na pełny regulator, palili i pili bez umiaru i wykazywali całkowitą nieznajomość dobrych manier. Pewnego dnia dyrektorka amerykańskiego college'u wezwała ambasadorową na rozmowę.

– Zdaje się, że syn pani zażywa narkotyki – powiedziała. – Jego oceny spadły daleko poniżej przeciętnych i jeśli to dłużej potrwa, nie będziemy mogli zaliczyć go w poczet naszych uczniów w następnym semestrze.

Po tej rozmowie matka Edwarda udała się wprost do ambasady, by opowiedzieć mężowi, co usłyszała.

– Wciąż powtarzasz, że z czasem wszystko wróci do normy! – krzyczała histerycznie. – Twój syn jest narkomanem, wariatem, ma jakieś poważne problemy z mózgiem, a ciebie obchodzą tylko koktajle i spotkania towarzyskie!

– Mów ciszej – poprosił.

– Nie będę mówiła ciszej, nie przestanę tak mówić, dopóki czegoś nie postanowisz! Ten chłopak potrzebuje pomocy, rozumiesz? Pomocy lekarskiej! Zrób coś natychmiast!

Obawiając się, by skandal wywołany przez żonę nie zaszkodził mu w oczach podwładnych i podejrzewając, że istotnie zainteresowanie Edwarda malarstwem potrwa dłużej niż się tego spodziewał, ambasador – człowiek praktyczny, który wiedział dokładnie, co należy zrobić w każdej sytuacji – przygotował plan działania.

Najpierw zatelefonował do swego kolegi, ambasadora Stanów Zjednoczonych, z uprzejmą prośbą o pozwolenie skorzystania raz jeszcze z urządzeń medycznych ambasady. Jego prośba została spełniona.

Udał się do zaufanych lekarzy, wyjaśnił im sytuację i poprosił o powtórzenie badań. Lekarze z obawy, że cała sprawa zakończy się procesem, wykonali dokładnie to, o co ich poproszono i orzekli, że wyniki nie odbiegają od normy. Przed wyjściem dano mu do podpisania dokument, w którym oświadczał, że zwalnia ambasadę amerykańską od odpowiedzialności.

Potem udał się do szpitala, w którym leczył się Edward, porozmawiał z dyrektorem, wyjaśnił problem i poprosił, by pod pretekstem przeprowadzenia rutynowych badań, wykonano badanie krwi na obecność narkotyków w organizmie.

Tak też się stało. Ale nie znaleziono śladu żadnego narkotyku.

Pozostał mu do wykonania trzeci i ostatni punkt planu: rozmowa z samym Edwardem, by zorientować się, co się dzieje. Dopiero posiadając te wszystkie te informacje, mógł podjąć właściwą decyzję.

Ojciec i syn usiedli w salonie.

– Matka jest bardzo zaniepokojona – zaczął ambasador. – Twoje oceny bardzo się obniżyły i istnieje ryzyko, że nie zostaniesz przyjęty na następny semestr.

– Ale moje oceny na kursie malarstwa są coraz lepsze, ojcze.

– Uważam za niezwykle cenne twoje zainteresowanie sztuką, masz jednak na to całe życie. Musisz skończyć szkołę średnią, żebym mógł pokierować twoją karierą dyplomatyczną.

Edward długo się zastanawiał, zanim się odezwał. Przypomniał sobie wypadek, książkę o wizjonerach, która była tylko pretekstem, by mógł odnaleźć swoje prawdziwe powołanie, pomyślał o Marii, która nigdy więcej nie dała znaku życia. Wahał się długo, aż w końcu odpowiedział.

– Tato, ja nie chcę być dyplomatą. Chcę być malarzem.

Ojciec był przygotowany na taką odpowiedź, wiedział zatem, jak ją odeprzeć.

– Będziesz malarzem, ale najpierw skończ szkołę średnią. Zorganizujemy ci wystawy w Belgradzie, Zagrzebiu, Ljubljanie, Sarajewie. Dzięki moim wpływom, mogę ci dużo pomóc, ale najpierw musisz skończyć szkołę.

– Jeśli tak postąpię, wybiorę najprostszą drogę, ojcze. Zacznę studiować cokolwiek, zdobędę wykształcenie w dziedzinie, która mnie w ogóle nie interesuje, ale za to przynosi pieniądze i malarstwo zostanie zepchnięte na drugi plan, aż w końcu zapomnę o moim powołaniu. Muszę nauczyć się zarabiać na życie malarstwem.

Ambasador zaczął się denerwować.

– Mój synu, masz wszystko: kochającą cię rodzinę, dom, pieniądze, pozycję społeczną. Ale wiesz, że w naszym kraju rozpoczął się trudny okres, dochodzą słuchy o wojnie domowej, może być i tak, że już jutro mnie tu nie będzie i nie będę ci mógł pomóc.

– Sam sobie dam radę, ojcze. Zaufaj mi. Kiedyś stworzę cykl obrazów pod tytułem *Wizje raju*. Postaram się namalować to, co dzieje się w sercach mężczyzn i kobiet.

Ambasador pochwalił determinację swego syna, zakończył rozmowę uśmiechem i postanowił dać mu jeszcze miesiąc – przecież dyplomacja jest sztuką odkładania decyzji do czasu, aż problemy rozwiążą się same.

Minął miesiąc. Edward nadal poświęcał cały

swój czas malarstwu, dziwacznym kolegom i muzyce, która z pewnością mogła wywołać zaburzenia psychiczne. Na domiar złego został wyrzucony z amerykańskiego college'u z powodu kłótni z nauczycielką na temat istnienia świętych.

Ponieważ nie można już było dłużej odkładać decyzji, ambasador podjął ostatnią próbę i wezwał syna na męską rozmowę.

– Edwardzie, jesteś już na tyle dorosły, by wziąć odpowiedzialność za swoje życie. Znosiliśmy wszystko cierpliwie tak długo, jak długo było można, ale nadszedł czas, by skończyć z tym niedorzecznym powołaniem do bycia malarzem i nadać jakiś kierunek twojej karierze.

– Ależ ojcze, zostać malarzem to właśnie znaczy nadać kierunek mojej karierze.

– Lekceważysz sobie naszą miłość, nasze wysiłki, których nie szczędziliśmy, by zapewnić ci dobre wykształcenie. Ponieważ nigdy tak się nie zachowywałeś, mogę upatrywać w tym skutków wypadku.

– Ojcze, zrozum, kocham was bardziej niż kogokolwiek na świecie.

Ambasador chrząknął. Nie przywykł do tak bezpośredniego wyrażania uczuć.

– A zatem w imię tej miłości, jaką żywisz dla nas, proszę cię, zrób to, czego pragnie matka. Porzuć na jakiś czas to całe malarstwo, znajdź sobie przyjaciół z twojej klasy społecznej i wróć do nauki.

– Ojcze, przecież mnie kochasz. Nie możesz mnie o to prosić, ty, który zawsze dawałeś mi przykład, jak walczyć o sprawy, na których nam zależy. Nie możesz wymagać ode mnie, abym stał się człowiekiem pozbawionym własnej woli.

– Powiedziałem: w imię miłości. Nigdy tego wcześniej nie mówiłem, synu, ale teraz proszę o to. W imię miłości, którą masz dla nas i miłości, jaką my darzymy ciebie, wróć do nas, nie tylko w sensie fizycznym, ale również w głębokim tego słowa znaczeniu. Mylisz się, uciekając przed rzeczywistością.

Od chwili gdy się urodziłeś, snuliśmy nasze najwspanialsze marzenia. Jesteś dla nas wszystkim: naszą przeszłością i przyszłością. Twoi dziadkowie byli dobrymi urzędnikami, ja musiałem walczyć jak lew, by dostać się do dyplomacji i wspinać coraz wyżej. I wszystko to po to jedynie, by utorować ci drogę, by ci ułatwić start. Mam wciąż pióro, którym podpisałem pierwszy dokument już jako ambasador, przechowuję je pieczołowicie, aby przekazać ci je w dniu, w którym kolej przyjdzie na ciebie.

Nie rozczarowuj nas synu. Nie będziemy żyli wiecznie, chcemy umrzeć w spokoju, pewni, że jesteś urządzony w życiu.

Jeśli naprawdę nas kochasz, zrób to, o co cię proszę. Jeśli jednak nas nie kochasz, nie zmieniaj swojego postępowania.

Edward spędził wiele godzin wpatrzony w niebo nad Brasilią, obserwując chmury płynące się po błękicie. Ale choć były piękne, nie niosły ani jednej kropli deszczu dla spragnionej ziemi. On czuł się tak samo pusty jak te chmury.

Jeśli nadal obstawać będzie przy swoim wyborze, matka umrze ze zmartwienia, ojciec straci cały swój zapał do pracy, oboje będą się obwiniać za błędy popełnione w wychowaniu swego ukochanego syna. Jeśli zrezygnuje z malarstwa, wizje Raju nigdy nie ujrzą światła dnia i nic w życiu nie da mu ani przyjemności, ani radości.

Rozejrzał się dokoła, popatrzył na swoje obrazy, przypomniał sobie całą miłość, jaką włożył w każde pociągnięcie pędzla, i uznał, że wszystkie są marne. To wszystko było jednym wielkim oszustwem – chciał osiągnąć cel, do którego widocznie nigdy nie został wybrany, a ceną za to miało być rozczarowanie własnych rodziców.

Wizje Raju były przeznaczone tylko dla ludzi wybranych, których opisywano w książkach jako bohaterów albo męczenników za wiarę dla tych, którzy od dziecka wiedzieli, że świat ich potrzebuje; a to wszystko, co przeczytał w książce było czystym wymysłem autora.

Przy kolacji powiedział rodzicom, że mają rację. Jego entuzjazm dla malarstwa był tylko młodzieńczą mrzonką i stracił już do tego zapał. Rodzice byli zadowoleni, matka rozpłakała się z radości i przytuliła do siebie syna. Świat wrócił do normy.

W nocy ambasador fetował swoje zwycięstwo, otwierając ukradkiem butelkę szampana, którą wypił sam. Gdy wszedł do sypialni, zobaczył, że po raz pierwszy od wielu miesięcy żona śpi spokojnie.

Następnego dnia pokój Edwarda był przewrócony do góry nogami, obrazy pocięte na strzępy, a chłopak siedział w kącie, patrząc w niebo. Matka objęła go i powiedziała, jak bardzo go kocha, ale syn nie odpowiedział ani słowa.

Nie chciał więcej słuchać o miłości, miał tego dość. Zdawało mu się, że jest w stanie wyprzeć się malarstwa i posłuchać rady ojca, ale posunął się w tym za daleko – przekroczył przepaść dzielącą człowieka od jego marzeń i, niestety, nie było już odwrotu.

Nie był w stanie iść ani do przodu, ani wstecz. Prościej więc było zejść ze sceny.

Edward pozostał jeszcze pięć miesięcy w Brasilii, leczony przez specjalistów, którzy orzekli rzadki rodzaj schizofrenii, będący prawdopodobnie wynikiem wypadku rowerowego. Wkrótce potem wybuchła wojna domowa w Jugosławii i ambasador został pośpiesznie wezwany do kraju. Problemy spiętrzyły się tak bardzo, że rodzina nie mogła dłużej zajmować się chłopcem. Jedynym rozwiązaniem było umieszczenie go w nowootwartym szpitalu psychiatrycznym w Villete.

Gdy Edward skończył opowiadać swoją historię, była już noc i oboje drżeli z zimna.

– Wejdźmy do środka – powiedział. – Już pewnie podają kolację.

– W dzieciństwie, ilekroć szłam do babci, przyglądałam się obrazowi, który wisiał u niej na ścianie. Przedstawiał kobietę – Matkę Boską, jak mówią katolicy – stojącą ponad ziemskim globem, z dłońmi zwróconymi w jego kierunku, z dłoni promieniowało światło.

Najbardziej intrygowało mnie w tym obrazie, że ta kobieta depcze żywego węża. Dlatego spytałam babci: „Czy Ona nie boi się tego węża? Czy nie wie, że może ugryźć ją w stopę i zatruć swym jadem?"

Babcia wytłumaczyła mi: „Wąż sprowadził na ziemię rozróżnienie między Dobrem i Złem, tak mówi Biblia. Ona dzięki swej miłości panuje nad Dobrem i nad Złem".

– Co to ma wspólnego z moją historią?

– Poznałam cię zaledwie tydzień temu, za wcześnie więc, by powiedzieć ci, że cię kocham. Ale skoro nie powinnam przeżyć tej nocy, jest już za późno, na takie wyznania. Jednak wielkim szaleństwem, do jakiego są zdolni mężczyźni i kobiety, jest właśnie miłość.

Opowiedziałeś mi historię o miłości. Wierzę głęboko, że twoi rodzice chcieli dla ciebie jak najlepiej, i że właśnie ta miłość niemal zniszczyła twoje życie. Jeśli Matka Boska z obrazu mojej babci depcze węża, to znaczy, że jej miłość ma dwa oblicza.

– Rozumiem, co chcesz powiedzieć – odezwał się Edward. – Sprowokowałem ten ostatni elektrowstrząs, bo zmąciłaś mój spokój. Nie wiem, co czuję, a miłość już raz mnie zniszczyła.

– Nie bój się. Poprosiłam dziś doktora Igora, aby mi pozwolił stąd wyjść i wybrać sobie miejsce, gdzie zamknę oczy na zawsze. Ale gdy zobaczyłam, jak zabierają cię pielęgniarze, zrozumiałam na co chcę patrzeć, odchodząc z tego świata – na twoją twarz. I postanowiłam, że tu zostanę.

Gdy spałeś jeszcze pod wpływem szoku, ja miałam następny atak i już sądziłam, że wybiła moja godzina. Przyglądałam ci się, starałam się odgadnąć twoją historię i przygotowywałam się, by umrzeć szczęśliwa. Śmierć jednak nie nadeszła, moje serce wytrzymało jeszcze raz, może dlatego, że jestem młoda.

Weronika spuściła głowę.

– Nie wstydź się tego, że cię kocham. O nic cię nie proszę, jedynie o to, byś pozwolił siebie kochać i grać dla ciebie jeszcze jedną noc, jeśli starczy mi sił.

W zamian chciałabym tylko, byś przyszedł do mnie, gdy dowiesz się, że umieram. Pomóż mi spełnić moje marzenie.

Edward przez długą chwilę milczał i Weronika sądziła, że schronił się do swego świata.

W końcu popatrzył na góry poza murami Villete i powiedział:

– Skoro chcesz stąd wyjść, zabiorę cię tam. Daj mi tylko dość czasu, abym wziął nasze kurtki i jakieś pieniądze. Potem pójdziemy razem.

– To nie będzie trwało długo, Edwardzie. Wiesz o tym.

Edward nic nie odpowiedział. Wyszedł i zaraz wrócił z ubraniami.

– Będzie trwało całą wieczność, Weroniko. O wiele dłużej niż wszystkie dnie i noce podobne jedna do drugiej, jakie tu spędziłem, starając się wciąż zapomnieć o wizjach Raju. Niemal o nich zapomniałem, ale zdaje mi się, że wracają.

– Chodźmy! Szaleńcy popełniają przecież szaleństwa.

Tego wieczora pacjenci zebrani na kolacji zauważyli nieobecność czterech osób.

Zedki, o której wszyscy wiedzieli, że została wypisana ze szpitala po długim leczeniu. Mari, która zapewne poszła do kina, jak to miała w zwyczaju. Edwarda, który może nie wrócił jeszcze do siebie po elektrowstrząsie; na samą myśl o tym chorzy poczuli strach i zaczęli jeść w milczeniu. Brakowało również dziewczyny o zielonych oczach i kasztanowych włosach, tej, o której wszyscy wiedzieli, że nie przeżyje tygodnia.

W Villete nie mówiło się otwarcie o śmierci, ale czyjąś nieobecność zauważano, choć wszyscy usiłowali zachowywać się tak, jak gdyby nic się nie stało.

Wiadomość zaczęła krążyć od stołu do stołu. Niektórzy płakali, bo ta młoda, pełna życia dziewczyna, teraz pewnie leżała w małej kostnicy na tyłach szpitala. Jedynie najodważniejsi ośmielali się tam zaglądać, i to tylko za dnia. Były tam trzy marmurowe stoły i zwykle na jednym z nich spoczywało czyjeś nowe, przykryte prześcieradłem ciało.

Wszyscy sądzili, że tego wieczora leży tam Weronika. Najbardziej szaleni wnet zapomnieli, że przez cały tydzień przebywała z nimi jakaś pacjentka, która czasami grała na pianinie i nie dawała im spać. Niektórych ogarnął smutek, szczególnie pielęgniarki, które czuwały nocami przy łóżku Weroniki na oddziale intensywnej terapii. Ale personel był wyszkolony, by nie przywiązywać się do pacjentów, bo jedni wychodzili, inni umierali, a stan zdrowia większości się pogarszał. Ich smutek trwał nieco dłużej, lecz również przeminął.

Byli też i tacy pacjenci, którzy dowiedziawszy się o Weronice, udali przerażenie, rozpacz, a tak naprawdę poczuli ulgę, bo raz jeszcze Anioł Zagłady przeszedł przez Villete, ale ich oszczędził.

Gdy Bractwo zebrało się po kolacji, jeden z jego członków poinformował pozostałych, że Mari nie poszła wcale do kina, odeszła na zawsze z Villete i zostawiła list.

Nikt specjalnie się nie zdziwił. Mari zawsze była inna, zbyt szalona, by przystosować się do idealnych warunków, w jakich tu żyli.

– Mari nigdy nie rozumiała, jakim szczęściem jest pobyt tutaj – odezwał się ktoś. – Mamy przyjaciół, z którymi łączą nas wspólne zainteresowania, nasz codzienny byt jest zabezpieczony, czasem organizujemy wspólne wypady do miasta, zapraszamy na wykłady interesujących ludzi i dyskutujemy o ich poglądach. Nasze życie osiągnęło stan całkowitej harmonii, której wielu ludzi tam, na zewnątrz, może nam pozazdrościć.

– Nie mówiąc już o tym, że w Villete nie grozi nam bezrobocie, konsekwencje wojny w Bośni, problemy ekonomiczne, przemoc – skomentował ktoś inny. – Udało nam się osiągnąć równowagę wewnętrzną.

– Mari zostawiła mi list – odezwał się człowiek, który przyniósł wiadomość o jej odejściu, pokazując zaklejoną kopertę. – Prosiła, by przeczytać go na głos, tak jakby to było jej pożegnanie z nami wszystkimi.

Najstarszy z Bractwa otworzył kopertę i zrobił to, o co poprosiła Mari. W połowie chciał przerwać, ale było już za późno i doczytał do końca.

W młodości, gdy zaledwie zaczynałam karierę adwokata, przeczytałam wiersz angielskiego poety, i jedno jego zdanie zapadło mi głęboko w pamięć: „Bądź niczym bijące źródło, nie zaś jak staw, w którym zawsze stoi ta sama woda". Zawsze uważałam, że się myli, że jest niebezpiecznie, gdy woda tryska i płynie, bo naszą miłością i entuzjazmem możemy zatopić obszary, w których żyją nasi najbliżsi. Dlatego przez całe życie starałam się zachowywać jak staw i nigdy nie przekraczać granic moich wewnętrznych murów.

Tak się jednak stało, że z powodu, którego do dziś nie rozumiem, dotknął mnie syndrom paniki. Stałam się tym właśnie, czego z całych sił chciałam uniknąć – tryskającym źródłem, które zalało wszystko wokół. W konsekwencji znalazłam się w Villete.

Kiedy wyzdrowiałam znów stałam się stawem i wtedy poznałam was. Dziękuję wam za przyjaźń, troskę i wszystkie miłe chwile. Żyliśmy razem niczym ryby w akwarium, szczęśliwi, bo ktoś o oznaczonej godzinie wrzucał nam pożywienie, a my mogliśmy, ilekroć tylko przyszła nam na to ochota, oglądać zewnętrzny świat przez szybę.

Ale wczoraj, pod wpływem muzyki granej na pianinie i pewnej dziewczyny, która pewnie już dziś nie żyje, odkryłam coś bardzo ważnego: życie tu nie różni się niczym od tamtego na zewnątrz. I tu i tam ludzie łączą się w grupy, chowają się za swoimi murami i nie pozwalają, by nieznane zakłóciło ich zwyczajną egzystencję. Jeśli coś robią, to tylko z przyzwyczajenia, zgłębiają nikomu niepotrzebne problemy, bawią się z przymusu, i niech cały świat się wypcha i radzi sobie sam. Co najwyżej oglądają dziennik telewizyjny – jak my często oglądaliśmy razem – tylko po to, by się upewnić jak bardzo są bezpieczni w świecie pełnym zamętu i niesprawiedliwości.

Innymi słowy: życie Bractwa jest dokładnie takie samo jak życie, jakie niemal wszyscy prowadzą tam, na zewnątrz. Lepiej nie wiedzieć, co dzieje się za szybą akwarium. Przez długi czas było mi to potrzebne. Ale człowiek się zmienia i teraz pragnę szukać przygód, świadoma swych sześćdziesięciu pięciu lat i związanych z tym ograniczeń. Jadę do Bośni, są tam ludzie, którzy na mnie czekają, choć nie znają mnie wcale i ja ich jeszcze nie znam. Wiem jednak, że jestem tam potrzebna i ryzyko przygody jest tysiąckroć cenniejsze od dobrobytu i wygód.

Gdy skończył czytać, członkowie Bractwa rozeszli się, myśląc w głębi ducha, że Mari całkiem zwariowała.

Edward i Weronika wybrali najdroższą restaurację w Ljubljanie, zamówili najlepsze dania i upili się trzema butelkami wina z 1988 roku, jednego z najlepszych roczników tego stulecia. Podczas kolacji ani razu nie rozmawiali o Villete, o przeszłości, ani o przyszłości.

– Spodobała mi się twoja opowieść o wężu – mówił Edward, po raz kolejny napełniając kieliszek. – Ale twoja babka była zbyt stara, by dać ci właściwe wytłumaczenie.

– Więcej szacunku dla mojej babci! – wrzasnęła Weronika, już lekko pijana, zwracając na siebie uwagę wszystkich w restauracji.

– Wznoszę toast za zdrowie babci tej dziewczyny! – zawołał Edward, wstając z krzesła. – Toast za zdrowie babci tej wariatki, co siedzi przede mną i pewnie uciekła z Villete!

Goście powrócili do swoich talerzy, udając, że nic się nie dzieje.

– Toast za zdrowie mojej babci! – uparcie krzyczała Weronika.

Właściciel restauracji podszedł do ich stolika.

– Proszę się zachowywać poprawnie.

Uciszyli się na jakiś czas, ale wkrótce znów zaczęli głośno rozmawiać, wygadywać rzeczy bez sensu i reagować niestosownie. Właściciel wrócił, żeby im powiedzieć, że nie muszą płacić rachunku, byleby tylko natychmiast opuścili lokal.

– Widząc cenę tego wina, zaoszczędzimy kupę pieniędzy – zażartował Edward. – Chodźmy stąd szybko, zanim ten człowiek się rozmyśli!

Ale właściciel nie rozmyślił się. Odsunął krzesło Weroniki z pozorną uprzejmością. Tak naprawdę pomógł jej po to, by szybciej wstała od stołu.

Poszli na mały placyk w centrum miasta. Weronika spojrzała w okna swego pokoju w klasztorze i wytrzeźwiała. W okamgnieniu przypomniała sobie, że wkrótce umrze.

– Znajdź gdzieś jeszcze trochę wina! – poprosiła Edwarda.

Niedaleko był bar. Chłopak przyniósł dwie butelki i zasiedli, by je wypić.

– Co jest złego w tłumaczeniu mojej babci? – spytała Weronika.

Edward był tak pijany, że potrzebował nie lada wysiłku, by przypomnieć sobie, co mówił w restauracji, ale w końcu mu się udało.

– Twoja babcia powiedziała, że ta kobieta depcze węża, bo miłość musi zapanować nad Dobrem i Złem. To piękna i romantyczna interpretacja, ale tu wcale nie o to chodzi. Widziałem już ten obraz, stanowi jedną z wizji Raju, które zamierzałem namalować. Nieraz zadawałem sobie pytanie, dlaczego zwykło się przedstawiać Dziewicę Maryję w ten sposób.

– No i dlaczego?

– Bo Dziewica, symbolizująca energię kobiecą, jest wielką pogromczynią węża, symbolizującego mądrość. Gdybyś przyjrzała się pierścieniowi doktora Igora, zobaczyłabyś na nim węża oplecionego wokół kija – atrybut lekarzy. Miłość jest ponad mądrością. Dziewica nie depcze, lecz stoi ponad wężem. Dla niej wszystko jest natchnieniem. Ona nie osądza dobra ani zła.

– Wiesz co? – odezwała się Weronika. – Madonna nigdy nie przejmowała się tym, co pomyślą inni. Wyobraź sobie, gdyby musiała wszystkim tłumaczyć tę historię z Duchem Świętym! Ona nic nie wyjaśniała, powiedziała tylko: „Tak się stało". I jak myślisz, co inni powiedzieli?

– Pewnie, że wiem. Że zwariowała!

Zaśmiali się oboje. Weronika podniosła butelkę.

– Moje gratulacje. Zamiast gadać, powinieneś namalować swoje wizje Raju.

– Zacznę od ciebie – odparł Edward.

Nieopodal placu wznosi się wzgórze, a na jego szczycie stoi niewielki zamek. Weronika i Edward wspinali się pod stromą górę, przeklinając i śmiejąc się, ślizgając po oblodzonej ścieżce i uskarżając na zmęczenie.

Obok zamku stoi wielki dźwig, cały żółty. Komuś, kto pierwszy raz przyjeżdża do Ljubljany, wydaje się, że na zamku prowadzone się prace restauracyjne, które wkrótce zostaną zakończone. Mieszkańcy Ljubljany wiedzą jednak, że ten dźwig stoi tam już od wielu lat, choć nikt dokładnie nie wie dlaczego. Weronika opowiedziała Edwardowi, że kiedyś poproszono dzieci w przedszkolu, by narysowały zamek w Ljubljanie – wszystkie narysowały dźwig.

– Prawdę powiedziawszy, dźwig jest w lepszym stanie niż zamek.

Edward zaśmiał się.

– Powinnaś już nie żyć – stwierdził, jeszcze pod wpływem alkoholu, ale w jego głosie słychać było strach. – Twoje serce nie powinno było przetrzymać tej wspinaczki.

Weronika pocałowała go.

– Przyjrzyj się mojej twarzy, zapamiętaj każdy jej rys – powiedziała. – Oczyma duszy, byś mógł ją kiedyś namalować. Jeśli chcesz, zacznij ode mnie, ale wróć do malowania. To moja ostatnia prośba. Czy wierzysz w Boga?

– Wierzę.

– A więc przysięgnij na Boga, w którego wierzysz, że mnie namalujesz.

– Przysięgam.

– I że po tym, jak mnie namalujesz, nie zarzucisz malarstwa.

– Nie wiem, czy mogę to przysiąc.

– Możesz. I powiem ci więcej. Dziękuję ci, że nadałeś sens memu życiu. Przyszłam na świat, by przeżyć to, co przeżyłam; spróbować popełnić samobójstwo, uszkodzić sobie serce, spotkać się z tobą, wspiąć się na ten zamek, i po to, byś wyrył w swej duszy moją twarz. To jedyny powód, dla którego przyszłam na świat – aby pozwolić ci znaleźć drogę, z której zboczyłeś. Nie pozwól, by moje życie stało się niepotrzebne.

– Być może jest zbyt wcześnie, albo zbyt późno, ale chcę ci powiedzieć, że cię kocham. Nie musisz mi wierzyć, to pewnie niedorzeczność, jedno z moich urojeń.

Weronika przytuliła się do Edwarda i poprosiła Boga, w którego nie wierzyła, by zabrał ją w tym właśnie momencie.

Zamknęła oczy i poczuła, że Edward zrobił to samo. Spłynął sen, głęboki, bez snów. Śmierć była łagodna, pachniała winem i głaskała ją po głowie.

Edward poczuł, że ktoś szturcha go w ramię. Gdy otworzył oczy, dzień już wstawał.

– Możecie poszukać schronienia w prefekturze – powiedział strażnik. – Inaczej zamarzniecie tutaj na kość.

W ułamku sekundy przypomniał sobie wszystko, co zaszło minionej nocy. W ramionach trzymał zdrętwiałą kobietę.

– Ona... ona nie żyje.

Ale kobieta poruszyła się i otworzyła szeroko oczy.

– Co się dzieje? – zapytała Weronika.

– Nic – odpowiedział Edward, podnosząc się. – Albo raczej zdarzył się cud – jeszcze jeden dzień życia.

Zaledwie doktor Igor zdążył wejść do gabinetu i zapalić światło – dzień nadal wstawał późno i ta zima trwała dłużej niż było trzeba – do drzwi zapukał jeden z pielęgniarzy.

„Wcześnie się dziś zaczyna" – pomyślał.

Miał to być trudny dzień z powodu planowanej rozmowy z dziewczyną. Przygotowywał się do niej przez cały tydzień, a tej nocy nie mógł spać.

– Mam alarmujące wieści – zawołał pielęgniarz. – Dwoje pacjentów zniknęło: syn ambasadora i ta dziewczyna z chorym sercem.

– Jesteście całkiem do niczego. Ochrona tego szpitala pozostawia wiele do życzenia.

– To przez to, że nikt wcześniej nie próbował uciec – bronił się przestraszony pielęgniarz. – Nie sądziliśmy, że to możliwe.

– Proszę stąd wyjść! Muszę przygotować raport dla akcjonariuszy, zawiadomić policję i podjąć jakieś środki zaradcze. I proszę powiedzieć, aby mi nikt nie przeszkadzał, bo to wymaga czasu!

Pielęgniarz wyszedł blady, wiedząc że część odpowiedzialności za to wydarzenie spadnie na jego barki, bowiem zazwyczaj silniejsi tak się zachowują wobec słabszych. Z pewnością zwolnią go z pracy jeszcze dzisiaj.

Doktor Igor wyjął notatnik, położył go na biurku i już zabierał się do pisania, gdy nagle zmienił zdanie.

Zgasił światło. Siedział nieruchomo w gabinecie skąpo oświetlonym dopiero co wschodzącym słońcem i uśmiechał się. Udało mu się.

Zaraz zrobi niezbędne notatki, opisując jedyny znany sposób leczenia skutków zatrucia Vitriolem – afirmacją życia. I wskaże lekarstwo, którym to można było uzyskać, a które zastosował podczas swojego pierwszego eksperymentu na pacjencie – uświadomienie nieuchronności śmierci.

Być może istnieją inne lekarstwa, ale doktor Igor postanowił oprzeć swoją teorię na właśnie tym jedynym, jakie miał okazję wypróbować naukowo dzięki młodej dziewczynie, która całkiem przypadkowo wkroczyła w jego życie. Przywieziono ją w bardzo ciężkim stanie, z poważnym zatruciem i początkiem śpiączki. Była zawieszona między życiem i śmiercią przez niemal cały tydzień, czas, którego potrzebował, na przeprowadzenie tego eksperymentu.

Wszystko zależało tylko od jednego, od jej zdolności przeżycia.

I udało się jej.

Bez żadnych poważnych powikłań czy uszkodzeń. Jeśli będzie dbała o zdrowie, przeżyje jeszcze i jego.

Ale o tym wszystkim wiedział tylko doktor Igor, tak samo jak był świadom, że niedoszli samobójcy, prędzej czy później, próbują jeszcze raz. Dlaczegóż więc nie miałaby się stać królikiem doświadczalnym, by mógł się przekonać, czy dziewczyna zdoła wyeliminować Vitriol, albo inaczej mówiąc Gorycz, ze swojego organizmu?

Wtedy właśnie ułożył swój plan.

Podając Weronice lek o nazwie Fenotal, udało mu się wywołać reakcje podobne do ataków serca. Przez cały tydzień wstrzykiwano jej ten narkotyk i musiała się najeść strachu, bo miała dość czasu, by rozmyślać o śmierci i przyjrzeć się od nowa swojemu życiu. W ten oto sposób, zgodnie z hipotezą doktora Igora (*Świadomość śmierci pobudza do życia* – taki miał być tytuł ostatniego rozdziału jego pracy), dziewczyna zaczęła stopniowo pozbywać się Vitriolu ze swego organizmu i przypuszczalnie nigdy więcej nie poważy się na podobny czyn.

Dziś właśnie miał jej powiedzieć, że dzięki zastosowanym zastrzykom udało mu się całkowicie zażegnać niebezpieczeństwo ponownych ataków serca. Na szczęście Weronika swą ucieczką zaoszczędziła mu nieprzyjemnej konieczności kolejnego kłamstwa.

Doktor Igor nie przewidział jednak zaraźliwego efektu, jaki wywoła leczenie zatrucia Vitriolem. Wielu pacjentów Villete przeraziła świadomość powolnej i nieuniknionej śmierci. Wszyscy zapewne pomyśleli o tym, co tracą i nagle zaczęli cenić życie.

Mari przyszła poprosić o zwolnienie ze szpitala. Inni pacjenci domagali się ponownej diagnozy. Przypadek syna ambasadora był nieco bardziej niepokojący, bo chłopak po prostu zniknął, z całą pewnością pomagając Weronice w ucieczce.

„Być może wciąż są razem" – pomyślał.

Tak czy inaczej, chłopak zna adres Villete i zawsze może tu wrócić. Doktor Igor był zbyt rozentuzjazmowany wynikiem swojego eksperymentu, by zaprzątać sobie głowę drobiazgami.

Przez chwilę dręczyła go wątpliwość innej natury, taka mianowicie, że Weronika, wcześniej czy później, zda sobie sprawę, że nie umrze na serce. Pójdzie do specjalisty i ten powie jej, że w jej organizmie wszystko jest w porządku. Wtedy pomyśli sobie, że lekarz, który się nią zajmował w Villete, był zupełnie niekompetentny. Ale przecież śmiali badacze spraw zakazanych muszą być odważni i nie zawsze rozumiani przez innych.

A te wszystkie dni, przez które żyć będzie w ciągłym lęku przed śmiercią?

Doktor Igor długo rozważał sprawę i uznał, że nie jest to nic groźnego. Dziewczyna uważać będzie każdy dzień życia za cud, bo tak jest w istocie, zważywszy wszelkie możliwości niespodziewanych zdarzeń w każdej sekundzie naszej kruchej egzystencji.

Zobaczył przez okno, że słońce jest coraz wyżej. O tej godzinie pacjenci jedli śniadanie. Wkrótce zapełni się poczekalnia i wrócą codzienne kłopoty, a zatem lepiej już teraz wziąć się za spisywanie notatek do dysertacji.

Skrupulatnie zaczął opisywać przypadek Weroniki. Później zajmie się sprawozdaniem na temat braku należytej ochrony szpitala.

W dniu Świętej Bernadety, 1998

Nakładem wydawnictwa ukazały się dotąd
następujące tytuły:

Paulo Coelho • **Alchemik**
listopad 1995

Paulo Coelho • **Na brzegu rzeki Piedry usiadłam i płakałam**
listopad 1997

Paulo Coelho • **Piąta góra**
grudzień 1998

Grzegorz Brzozowicz • **Goran Bregović, szczęściarz z Sarajewa**
wrzesień 1999

Edward Lear • **Dong co ma świecący nos**
grudzień 1999

Paulo Coelho • **Weronika postanawia umrzeć**
maj 2000

Paulo Coelho • **Podręcznik wojownika światła**
listopad 2000

Wojciech Eichelberger, Wojciech Szczawiński • **Alchemia *Alchemika***
październik 2001

Gibran Khalil Gibran • **Szaleniec**
czerwiec 2002

Idries Shah • **Mądrość głupców**
sierpień 2002

w przygotowaniu:

Paulo Coelho • **Demon i panna Prym**
październik 2002

DRZEWO BABEL • WARSZAWA, WRZESIEŃ 2002 • WYDANIE ÓSME • NAKŁAD 20 000 EGZ • PRINTED IN POLAND

Druk i oprawa
Zakład Poligraficzny „DRUK-SERWIS"
tel. (023) 673 26 93 fax (023) 673 26 94